D0129144

Hochelaga, *mon amour*

Michel Legault

Hochelaga, *mon amour*

Roman

Guy Saint-Jean
ÉDITEUR

Catalogage avant publication de Bibliothèque et Archives nationales du Québec et Bibliothèque et Archives Canada

Legault, Michel, 1956-
    Hochelaga mon amour
    ISBN 978-2-89455-325-1
    I. Titre.
PS8623.E466H62 2010   C843'.6   C2009-942301-4
PS9623.E466H62 2010

Nous reconnaissons l'aide financière du gouvernement du Canada par l'entremise du Programme d'aide au développement de l'industrie de l'édition (PADIÉ) ainsi que celle de la SODEC pour nos activités d'édition. Nous remercions le Conseil des Arts du Canada de l'aide accordée à notre programme de publication.

Gouvernement du Québec — Programme de crédit d'impôt pour l'édition de livres — Gestion SODEC

© Guy Saint-Jean Éditeur inc. 2010

Conception graphique : Christiane Séguin
Révision : Hélène Bard

Dépôt légal — Bibliothèque et Archives nationales du Québec, Bibliothèque et Archives Canada, 2010
ISBN : 978-2-89455-325-1

Distribution et diffusion
Amérique : Prologue
France : De Borée
Belgique : La Caravelle S.A.
Suisse : Transat S.A.

Guy Saint-Jean Éditeur inc.
3154, boul. Industriel, Laval (Québec) Canada. H7L 4P7. 450 663-1777.
Courriel : info@saint-jeanediteur.com • Web : www.saint-jeanediteur.com

Guy Saint-Jean Éditeur France
30-32, rue de Lappe, 75011 Paris, France. 1 43.38.46.42.
Courriel : gsj.editeur@free.fr

Imprimé et relié au Canada

Avertissement

Un roman, c'est d'abord une rencontre. Comment savoir si tu auras le goût de faire celle-ci? Laisse-moi t'aider. Si tu considères le célibat comme un manège agréable, mais devant avoir une fin; si tu aspires à partager ta brosse à dents, si tu ne demandes pas mieux que de défier la loi de la gravité ambiante, alors tends l'oreille, car ces pages risquent de te parler.

Autant te prévenir: je suis un livre ouvert. Si tu me tiens bien et que tu tournes toutes les pages, je te ferai tourner la tête.

Commençons, tu veux.

À F., A. et S., *qui savent ce que je leur dois.*

Amour : Tout est dans la quête.
Ce que tu tiens pour acquis te perdra.

— Annie !

— Quoi ?

— M'aimes-tu ?

— Niaiseux…

Dans la cour, les ballons avaient fini de chasser; les cordes, de danser. Annie était enfin seule. Prenant mon cœur à deux mains, je venais de lancer ce crapaud à ses pieds.

Annie a détourné la tête. Trop tard : dans son visage, j'avais eu le temps d'apercevoir une hésitation, une rougeur. Mes yeux se sont agrandis de surprise, comme si Batman venait d'ôter son masque et de me révéler son identité.

La cloche, alerte, a mis fin à ce moment magique. Annie et ses nattes rousses sont rentrées dans le rang. Moi ? Je flottais, quelque part au-dessus de l'école.

* * *

Nous nous étions rencontrés pour la première fois un mois plus tôt, dans cette même cour de la rue Dézéry du quartier Hochelaga, le jour de la rentrée.

Je venais de passer l'été à parcourir le monde à bicyclette. Dans un rayon de cinq cents mètres. L'explorateur que j'étais se sentait gêné par ce pantalon neuf que ma mère m'avait bien averti de ne pas salir, au moins jusqu'à la récréation. Cette contrainte m'énervait, car elle en annonçait d'autres. Finie, la liberté !

Mon attention était cependant ailleurs. Tout en étant un peu humilié d'avoir à tenir la main de ma mère, *comme si j'étais un bébé*, je me demandais qui allait être dans ma classe, et qui j'aurais comme professeur. Que de questions importantes !

À travers le vacarme assourdissant de cette basse-cour, remplie par le caquetage des adultes et les cris des enfants excités ou au bord des larmes, ma mère avait reconnu une collègue de travail. Elle est allée à sa rencontre. Lui tenant la main, sa fille.

— Max, dit bonjour à…

— Annie ! a lancé sa mère en l'avançant vers moi.

Je ne me souviens pas de ma réponse. J'étais devenu sourd et muet, tel un animal figé par des phares d'auto, car Annie venait de me fixer avec ses deux éblouissants lasers bleus. Le soleil enflammait ses cheveux roux. Elle portait une jolie robe, dont ma mémoire refuse de me rappeler la couleur, mais que j'imagine blanche, avec des imprimés de fleurs pimpants qui voletaient sous la brise, comme agités par ma propre émotion.

Malgré l'encouragement de ma mère («Voyons, Max ! As-tu perdu ta langue ?»), je suis demeuré immobile comme un chien en arrêt devant une créature fascinante, devant qui il hésite entre jouer et s'enfuir.

Pendant les jours suivants, j'avais été incapable de lui dire quoi que ce soit. J'avais bien essayé de lui sourire, mais je n'avais réussi qu'à former un rictus gêné qui tenait davantage de la grimace. Dépité, j'ai dû me résigner : nous avions beau être à deux bancs l'un de l'autre dans notre salle de cours, Annie et moi n'étions pas dans la même classe.

En nous voyant ensemble, en route vers l'école ou au retour

à la maison, certains se moquaient gentiment, scandant : *Max est amoureux ! Max est amoureux !* jusqu'à ce que je m'approche pour leur casser gentiment la gueule.

La délicieuse tension que j'éprouvais au côté d'Annie me prouvait, par son existence même, que ce que je ressentais était bien réel. J'avais beau lui prendre son foulard ou la pousser dans un tas de feuilles, elle ne semblait pas m'en vouloir ni être découragée. Pire encore, sans que j'y prenne garde, ces savantes marques d'affection avaient fini par tracer un chemin qui n'était qu'à nous, et où j'aimais me retrouver.

Il avait fallu que je gâche tout, ce matin-là, à la fin de la récréation, en lui demandant...

*   *   *

Que s'est-il produit ensuite ? Vous voulez vraiment le savoir ? Je vous préviens, la vraie vie est moins poétique que les romans. *Il ne s'est rien passé.* Nous étions désormais liés par un secret, et cela me suffisait. Je la regardais encore, et ne voyais qu'elle. Je me sentais cependant impuissant, tel un chevreuil contemplant une biche magnifique sur l'autre rive d'une rivière apparemment infranchissable.

Ici, une explication s'impose. L'origine de ma paralysie tenait moins à une faiblesse de caractère qu'à un manque cruel de moyens pour exprimer ce que je ressentais. Disons les choses comme elles sont : j'ai été élevé par deux parents idéologues, soucieux du respect de l'orthodoxie marxiste, et craignant par-dessus tout de passer pour des révisionnistes. Ces fanatiques, par ailleurs d'excellents professeurs au secondaire public, m'ont conçu pour être le porte-étendard de leurs convictions. L'affection a toujours semblé être, pour eux, une décadente démonstration bourgeoise. Je ne les ai jamais vus s'embraser. Je dis bien s'embraser. Froids, vous dites ? Alors,

devant Annie et ce cortège d'émotions que je ressentais intérieurement comme des corps étrangers, bizarres, paralysants,
je ne savais tout banalement pas quoi faire.

Les semaines sont passées. Les dernières feuilles avaient fui
devant l'assaut du froid. La neige recouvrait maintenant la
cour. Par endroits, la glace vive défiait notre bravoure, de sorte
que l'un d'entre nous revenait invariablement de la récréation
avec un nez tuméfié ou la tête en sang. Dans le coin des filles,
balayant la grisaille de ses éclats de rire cristallins, Annie sou-
tenait mon regard. Mais à la crête de son sourire s'accrochait
maintenant le glaçon amer d'une tristesse qui me fendait le cœur.

Un jour… C'était la Saint-Valentin. À l'école, les ensei-
gnantes s'étaient donné le mot pour souligner la fête des
amoureux : les murs des corridors étaient constellés de cœurs
rouges, et nous avions eu à rédiger un message à l'élu de notre
cœur, puis à le coller sur la porte de notre casier.

Inspiré, j'avais laissé la plume tracer les mots. J'avais ensuite affiché cette profession de foi naïve, destinée à la princesse dont j'étais le prude admirateur. La journée avait passé.
À la fin des cours, alors que je me chamaillais près de mon
casier avec mon ami Sylvestre, Annie s'était approchée et avait
déposé un baiser rapide, mais bien senti, sur ma joue, avant
de s'enfuir en riant.

Certains événements scellent mieux un destin que la plus
élaborée des stratégies. Annie, en me donnant cette marque
d'affection, avait éveillé en moi des certitudes que je ne me
savais pas capable de posséder. Elle avait planté en moi une
graine qui devait lentement pousser. L'éclosion devait cependant survenir plus tard.

Ce fut notre seul contact. La vérité m'oblige à écrire qu'elle
est disparue brutalement le premier mai. Les jours suivants,
j'ai cru qu'elle était malade. J'ai appris la nouvelle par hasard,

pendant la récréation. Ce matin-là, mai se prenant pour novembre, il faisait un froid glacial. Sylvestre, le gros Maurice et les autres, nous formions un rempart à la manière des manchots, lorsqu'ils couvent un œuf en attendant leur femelle partie au loin.

— C'est dommage que la petite Annie soit déménagée, hein Max ?

— Quoi ?

J'ai regardé Maurice, hébété. Ce dernier, gêné, a jeté un regard rapide à la ronde avant de baisser les yeux. Tout le monde savait la nouvelle. Personne n'avait parlé. L'alarme a retenti, signalant la fin de la récréation. Je suis resté immobile, pétrifié : *Annie était partie !*

Je me suis mis en rang, le regard absent. Je ne me souviens plus de ce que l'enseignante a dit ce matin-là. J'étais vide. Frissonnant. Il me faudrait encore bien du temps avant que je parvienne à mettre de l'ordre dans ce fatras d'émotions dont l'ampleur me déroutait.

Pendant la récréation suivante, moi qui étais le champion au ballon prisonnier, je me suis fait attraper au premier coup, laissant mes camarades surpris. « Qu'est-ce qui t'arrive, Saint-Louis ? » m'a dit le gros Maurice, en s'approchant. « Laisse-le ! » a répondu Sylvestre. Maurice a ouvert la bouche, mais rien n'est sorti. Dépassé, il a haussé les épaules et m'a tourné le dos. Le jeu a repris sans moi.

À la maison, devant mon peu d'appétit, ma mère a vérifié si je faisais de la fièvre. Après le souper, elle a appelé la mère de Sylvestre, puis je l'ai entendue glousser, ce qui m'a irrité. N'avait-on aucun respect pour ce que je ressentais ? Mais qu'est-ce que je ressentais, au juste ? Malgré mes efforts, j'étais incapable de comprendre cette étrange langueur, cette chape de plomb qui m'appesantissait les épaules. Et puis, il y avait ce vide dans le fond de ma poitrine, qui faisait mal.

Ce soir-là, alors que j'étais au lit, j'ai été surpris de voir arriver mon père. Il ne venait que dans les grandes occasions, comme lorsque je m'étais fait prendre au collet par un résidant exaspéré et bon coureur, après avoir sonné à toutes les sonnettes d'entrée de son immeuble d'habitation (il m'avait fallu par la suite aller sonner encore une fois à leur porte, mais pour m'excuser); ou encore lorsqu'il m'avait retrouvé dans le parc, après une fugue de quelques heures dont j'ai oublié la raison. Si mes huit ans me privaient des ressources nécessaires pour faire une fugue digne de ce nom, mon estomac m'avait à tout le moins prévenu de ne pas partir sans nourriture. Aussi étais-je fier de moi : dans mon sac d'épicerie, j'avais mis un succulent sandwich de sucre blanc qui, à mon grand désappointement, a affreusement grincé entre mes dents comme du sable. Déçu, je me promis mentalement qu'à la prochaine fugue, je troquerais le sucre blanc pour du beurre d'arachides.

À ces occasions, mon père me faisait la leçon, à la manière de Fidel Castro, par un discours interminable où les mots « As-tu pensé que », « Dans mon temps » et « Tu verras quand tu seras plus vieux » échouaient par vagues régulières dans mes oreilles ensablées. Derrière ce long fleuve de mots, je voyais bien que mon père était déçu et irrité. Ses patientes remontrances avaient la violence contenue des colères froides. Je laissais cette pluie glacée me tomber sur le dos, hochant la tête de temps à autre, marmonnant un « Oui, j'ai compris, p'pa. » Mon paternel avait besoin de se défouler, et ma punition était de l'écouter sans broncher.

Lorsque je l'ai vu arriver, j'ai compris que j'en aurais pour longtemps à me taper ce purgatif verbal.

Il a fermé la porte et s'est avancé lentement, comme l'officiant à la messe au moment de se rendre devant l'autel, lourd d'une responsabilité qui lui interdisait toute hâte. Il s'est assis au pied du lit et, lui qui était d'ordinaire si distant, il m'a regardé de travers en souriant. J'étais décontenancé.

— Alors, comme ça tu t'es fait une petite amie ?

J'étais muet. Une avalanche d'émotions se ruait dans l'étroit couloir de ma pauvre conscience. J'ai compris que je ne pourrais trouver les mots, ce que mon père a dû comprendre à mon air éploré. Il a continué en esquissant un faible sourire.

— Tu sais, quand j'avais ton âge, j'ai connu une fille, moi aussi…

Quoi, il avait déjà été jeune ? Impossible ! J'ai essayé de ne pas entendre sa confession, qui me gênait énormément. Puis, voyant qu'il se détendait, s'attendrissait, les yeux dans le vide, ce qui annonçait qu'il en aurait pour longtemps, j'ai bien été obligé de parler pour mettre fin à ce déballage.

— Pourquoi elle est partie ?

— Ah, ça… Peut-être que ses parents ont dû déménager et qu'elle n'a pas eu le temps de te le dire… Peut-être aussi qu'elle ne voulait pas te dire adieu…

Je ne comprenais rien, mais je sentais poindre, dans ce fouillis de mots étriqués, des fragments d'espoir. J'ai adressé à mon père un regard plein de gratitude (tout passait dans le non-dit entre nous). Tout était dit. Il s'est levé en s'éclaircissant la gorge, indécis comme un promeneur dans un territoire où il s'aventure rarement.

— Bon, bien, bonne nuit, mon petit Max !

— Bonne nuit, p'pa.

Je me suis roulé en boule dans le lit et j'ai sombré dans un sommeil agité, en imaginant où Annie se terrait, et comment je la retrouverais.

* * *

L'été est passé sans trop de heurts, se faufilant dans ma peine, y creusant des sillons de bonheur qui allaient s'élargissant. À la rentrée scolaire, je me suis aperçu que la délicieuse tension d'antan me manquait. Le sourire d'Annie me manquait. Sa complicité me manquait. La douleur de sa perte avait pourtant laissé place à autre chose que je ne pouvais encore nommer.

Un matin de septembre, tiède et doux comme une joue de fille, le souvenir de mon amie disparue a soufflé sur moi son haleine, charriant une foule d'impressions. J'ai fermé alors les yeux afin de la revoir, afin de tenir le coup jusqu'à notre prochaine rencontre. Car, je m'en rendais maintenant compte, quelque part en moi survivait l'espoir naïf de la revoir, et cet espoir refusait de rendre l'âme. En tout cas, celle qu'elle m'avait donnée. Une fois cette bulle de lucidité éclatée, je suis redevenu le petit fruit vert que j'étais, souriant à la pensée que, plus vieux, je serais mieux outillé pour agir et lui parler; enfin « faire ces choses que les amoureux font », et dont j'ignorais tout. Habité par cette certitude, j'ai repris goût à la vie. Pendant la joute de ballon prisonnier, j'ai trouvé de nouveau mes marques, à la grande joie de mes copains.

Où est Annie? Qu'est-elle devenue? Je l'ignore. Tout ce que je sais, c'est que je suis ce capricieux valentin, dont l'indécision funeste a semblé semer le trouble dans son cœur. Je ne veux pas savoir que cette amourette enfantine est destinée à rester ce qu'elle est: un délicieux souvenir, baignant dans la tendre candeur de mes dix ans. Je me refuse à croire que cet amour est destiné à l'oubli. Je refuse d'oublier Annie.

Peut-être qu'au fond, je ne veux pas arriver à bon port, mais errer ainsi, tel Ulysse, d'une île à l'autre. Je ne sais pas. Mais ce que je sais, c'est que cette odyssée prendra fin, un jour. Et qu'en attendant, il faut bien vivre.

Je suis tolérant.
Par exemple, en ce qui a trait à l'amour,
je suis prêt à admettre qu'il y a les pour et il y a les cons.
INSPIRÉ DE ROMAIN GARY

Je suis revenu vivre dans Hochelaga, le quartier de mon enfance. Lorsque j'ai remis les pieds ici, en juillet dernier, je me suis surpris à voir surnager cette vieille vigilance qui m'avait usé les nerfs et m'avait fait vieillir prématurément. Mais qui m'avait aussi gardé vivant, et avait donné tout son prix aux bons moments. La méfiance n'arrivait heureusement pas seule. Le soulagement que j'éprouvais me fit comprendre qu'Hochelaga avait toujours continué de m'habiter. Permettez donc que je vous fasse faire le tour — non pas celui du propriétaire — mais tout au moins celui du résidant permanent.

* * *

Le temps est passé tout droit. Je le rattrape pourtant, lorsque je passe, comme je le fais aujourd'hui, devant l'école de mon enfance. J'ai beau la regarder et être exalté comme au temps où je portais des culottes courtes et entretenais des rêves tout neufs, je ne retrouve presque rien de ce qui me la rendait magique. Les yeux adultes sont bien pauvres, eux qui ne voient que le réel.

Sous sa façade grise, mon école m'apparaît méconnaissable. La surface asphaltée de la cour paraît destinée à couper tout contact avec la terre. Des fois qu'il en germerait des idées de grandeur ! Quelques jeunes érables ornent tout de même la façade près de l'entrée de l'administration. Coincé par un tuteur étroit, leur tronc étouffe.

Enfants, nous étions heureux dans ce moule très primaire. Avec Sylvestre, Maurice et quelques autres copains, nous nous rassemblions chaque matin dans un coin de la cour pour comploter. Au menu, toujours les mêmes blagues et les mêmes coups pendables.

L'humour et la dérision sont les armes des faibles, la seule forme de protestation à leur portée. Ça, nous le savions, nous qui étions captifs de notre statut d'enfant. Il fallait obéir à tous les adultes, se plier à leurs horaires, manger quand ils le voulaient. En outre, nous redoutions les premiers émois de la préadolescence, les premières transformations, car alors même notre corps ne nous obéirait plus. Le mot « puberté » avait beau rimer avec « liberté », nous ne savions pas quoi faire de ces promesses.

Il nous restait l'esprit de clan, la fidélité au groupe. Voilà sans doute pourquoi, détail remarquable qui ne cesse de me surprendre encore aujourd'hui, il n'y avait pas d'exclus dans notre classe. Si presque chacun de nous venait d'une famille à faible revenu, tous avaient développé un fort sentiment de solidarité et d'appartenance.

Pendant la récréation, cette cour, avec tous ses recoins, nous appartenait. C'était plus qu'il n'en fallait. Dans cet espace clos, nous étions libres et, pendant vingt minutes, nous nous évadions ensemble. Si nous avions su alors que notre école se retrouverait à la queue du classement établi par le ministère de l'Éducation, nous aurions protesté. Car, à l'échelle du bonheur, elle arrivait première, et seule sur notre liste.

* * *

Je reprends mon vélo tandis que mes pensées tournent à vide, tâchant de reconstituer ce qui n'est plus, et de retrouver ce qui n'a pas changé. Reconstituer la chaîne des événements. Comprendre ce qui a déraillé.

Comme notre école, le quartier Hochelaga-Maisonneuve ne paie pas de mine. Il n'en a pas les moyens. Coincés entre le fleuve et la rue Sherbrooke, les immeubles s'entassent dans cet enclos en troupeaux compacts. On n'arrive pas dans cette cuvette, on y descend. On n'est pas ici au pied de la pente douce québécoise dont parlait Roger Lemelin. Ici, peu de vestiges historiques pour donner une touche de poésie. L'histoire des villages qu'étaient Hochelaga et Maisonneuve est masquée par la façade clinquante du présent.

Hochelaga, en abénaquis, veut dire « lac aux castors ». Enfin, il a déjà voulu le dire, mais je ne suis pas sûr qu'il le voudrait encore, toute trace de nature ayant été soigneusement effacée par un siècle et demi d'industrialisation. Les terres grasses d'autrefois dorment sous une épaisse dalle de béton. Les ruisseaux, qui couraient d'une ferme à l'autre, ont été remblayés. Sous l'asphalte coulent encore des torrents ayant jadis soutenu le passage des canots d'écorce et entretenu les espoirs d'une jeune nation.

À ras du sol, c'est une autre histoire. On s'emploie, quand on a du boulot, à survivre à une existence sans point de départ ni point de fuite. L'accès au fleuve Saint-Laurent est interdit. Muré par le bunker grillagé du port. Derrière les barbelés, arrivant de partout, des marchandises transitent avant d'être réexpédiées ailleurs.

Difficile d'imaginer que le secteur a déjà été prospère. À la fin du XIXe siècle, des familles d'ouvriers se sont pourtant établies ici, attirées par la formidable activité économique de ce village, alors la mecque de l'industrie de la chaussure, près du principal port du pays.

Le krach a tout figé durant les années 1930 et le quartier ne s'en est jamais remis. C'est du moins ce que j'ai lu. De cette époque ne subsistent que quelques usines. Beaucoup, converties en lofts, servent de manufactures d'espoirs à de jeunes artistes ou comblent le besoin d'espace de professionnels débutants. Ceux-ci y traînent leurs savates *made in China*, charmés par ces grands espaces vides aux plafonds hauts et aux prix bas. Le boulevard Notre-Dame, anciennement l'artère principale de cette activité économique, est devenu une plaie ouverte, un *no man's land* qui, avec la rue Sherbrooke, ceinture le quartier jusqu'à l'étouffer.

De ce passé glorieux ne subsistent que des vestiges éparpillés, perdus : le marché Maisonneuve, le château Dufresne. Le Jardin botanique, il ne compte pas. Ses fleurs embaument le quartier en haut de la côte. Là où l'on ne manque pas d'air. En bas, on ne voit ni ne sent rien.

Le temps et l'espace semblent les mêmes qu'ailleurs. Il y a de l'air, du soleil, des rues pavées. Des immeubles en bon état. Mais ce n'est qu'une apparence. De la frime. Un décor. En fait, c'est une jungle où sévit une guerre permanente. Les bombes qui éclatent ici sont toujours économiques, et elles atteignent les ouvriers, les petits commerçants. La pauvreté et la frustration sont de puissants détonateurs. C'est alors toute une famille qui vole en éclats.

Ces drames se déroulent derrière des portes closes. Hochelaga est un bassin où la souffrance macère, et dépose une lie que personne ne veut voir, mais qui colle à la peau de tous ceux qui y vivent.

Les enfants, on en fait beaucoup. Est-ce parce qu'on en défait beaucoup ? Dès notre plus jeune âge, qu'on ne garde pas longtemps, on apprend à avoir le regard dur, à ne pas montrer notre vulnérabilité. Sans se rendre compte qu'on l'expose ainsi au grand comme au petit jour.

Acheter à crédit d'un revendeur louche qui s'approvisionne au port tout près, tricher avec les services publics pour obtenir ce qui manque, travailler au noir, voilà nos accommodements raisonnables. On a la morale de nos moyens.

La pauvreté généralisée n'est pourtant pas un empêchement insurmontable au bonheur. Car comme on est tous pauvres, personne ne l'est ! Quand on se croise, on se reconnaît, se salue. Sans qu'on se le dise, ces liens de familiarité tissent une trame réconfortante. C'est notre fil d'Ariane pour retrouver notre chemin dans le dédale de nos existences. Voilà sans doute pourquoi personne ne part. Ça et le fait que les loyers sont encore les moins chers en ville.

Le correcteur que je suis a eu entre les mains, un jour, un document rédigé par un comité d'experts en réaménagement urbain. Ceux-ci conseillaient aux autorités d'embourgeoiser le secteur, c'est-à-dire d'attirer de jeunes familles aisées et des gens instruits. Depuis les Olympiques de 1976, ce souhait est en partie exaucé et exhaussé, puisque de nouveaux condos ont surgi tout autour du stade. Cet éléphant de béton blanc, à la trompe inutile, et qui n'a plus d'olympique que le nom, continue d'attirer une faune séduite par sa démesure. Pour les plus vieux habitants, par contre, le stade demeure une légende urbaine, un fantomatique dinosaure dont le cou immense surgit au milieu du lac stagnant des toits plats, tel le monstre du Loch Ness.

Dans le reste d'Hochelaga, tout est vrai. Personne n'a les moyens de se donner de grands airs, d'afficher une allée de gazon ou une façade remontée. L'emblème du quartier, s'il existait, serait un drapeau blanc. Blanc cassé.

Ce portrait serait misérabiliste sans la formidable obstination de ses habitants. Les générations de travailleurs vivotant autour des usines ont, par leur labeur tenace, réussi à ériger un barrage efficace contre le malheur. En cela, ils sont bien les dignes héritiers des besogneux castors qui ont donné son nom au quartier.

Une travailleuse sociale, à qui je disais récemment que j'habite Hochelaga, avec le « vrai monde », m'a corrigé.

— Le vrai monde, c'est tout le monde. Les pauvres aussi peuvent être faux, manipulateurs, et les intellectuels, vrais.

— C'est juste. Les démunis ne sont pas meilleurs. Mais ils sont vrais jusque dans leurs mensonges, jusque dans leurs petitesses d'humains privés de tout et recherchant légitimement un peu de confort. Ici, pour survivre, on se serre les coudes, les dents, la ceinture et le reste. Mentir et tricher ne sont pas des luxes; ce sont des façons d'obtenir ce que vous nous faites miroiter et qui, autrement, serait hors de notre portée. « Pensez-vous que nous ayons les moyens de nous payer votre morale ? » lui ai-je demandé, aiguillonné par une éducation baignant dans le formol de la lutte des peuples.

Elle n'a pas répondu. Mes arguments ne manquaient pourtant pas de classe.

Pour être franc, même si je suis ici depuis à peine un an, j'avoue que l'envie me démange parfois de fuir Hochelaga, ce quartier de pizza sans garniture, et de retourner dans le cocon douillet de Mercier ouest, ce quartier *fashionable*. Je n'en mène pas large, ici, c'est vrai. Mais c'est chez moi. Quitte à m'encroûter, j'ai décidé de rester dans ce quartier hybride, « émergeant », comme on le dirait d'un pays du tiers-monde cherchant à se sortir de la misère.

Je suis d'ailleurs content de revenir vivre dans Hochelaga. Car malgré le portrait que je viens d'en faire, il faut bien avouer que les odeurs, la poussière et la misère macèrent depuis si longtemps dans cette cuvette qu'il finit par en émaner, à la surface, un courant irrésistible : celui d'une tenace volonté de vivre. Manger, dormir et travailler ne sont pas des acquis ; ces luttes quotidiennes, intenses et fébriles, imprègnent l'air, et je les respire à pleins poumons.

Enfin, pour être honnête, il y a une autre raison à mon départ de Mercier : Marielle.

Son visage était un cas de figure : son nez retroussait joliment comme une jupe au vent ; ses sourcils étaient deux queues d'aronde surplombant deux billes noires incandescentes. Ses cheveux rebelles caressaient candidement tantôt le rebord de ses cils, tantôt la commissure de sa lèvre boudeuse.

Le plus beau, c'est que tous ses traits reprenaient vie en me voyant et formaient volontairement le plus beau des *desseins* animés : me rendre heureux. Du moins voulais-je le croire. Elle n'avait donc besoin de rien faire pour cela : elle n'avait qu'à être là et à fondre son regard dans le mien. La magie a opéré le temps d'un aria.

J'admirais sa persévérance. Après avoir tenté de venir en aide aux sans-abri, disant sentir le besoin d'aider autrement, elle était retournée à l'université suivre une formation de *logue* quelconque. J'avais plutôt l'impression qu'elle s'était fabriqué une armure pour se parer contre les aléas de la vie. Quand ça allait mal, elle revêtait ce bouclier et analysait la situation en femme rationnelle. Finissant invariablement par se buter au mur de verre de son petit cœur.

« Bienvenue dans le club ! » Elle détestait quand je disais ça. J'étais pourtant à peine ironique ! Rien de plus agaçant qu'un cœur qui crie et souffre sans savoir pourquoi. Celui de Marielle lui avait joué plus d'un tour en lui laissant croire qu'elle était capable d'affection : erreur, il était verrouillé. À double

tour. Car Marielle était aussi belle qu'anxieuse. Sa peur perpé-
tuelle lui empoisonnait l'existence.

Dans mon haut de duplex, rue Mignault, nous avons
mélangé nos inquiétudes en vain. Étant aussi incapable que
moi de faire pousser quoi que ce soit de durable, elle était
condamnée à chercher continuellement. Quoi ? Elle l'ignorait.
Elle était mon double, pas mon complément. C'est ce que j'ai
fini par comprendre.

On sort tout retourné d'une telle relation, parce qu'on doit
s'arracher à une partie sensible de soi. Pour ma part, j'en suis
sorti lorsque je suis retourné dans Hochelaga. Faut me comprendre : j'éprouvais un besoin de permanence. Je suis revenu
dans l'Est parce que mon cœur déboussolé avait perdu le nord.

Comme un criminel de retour sur les lieux du crime, je suis
revenu là où j'ai perdu mon enfance. En me promenant dans
Hochelaga, il m'arrive de penser qu'en cherchant bien, je
pourrais la retrouver. Enfouie sous de vieilles planches, dans
un recoin de ruelle, empoussiérée, mais intacte. Oui, je la sens
parfois qui veut être trouvée. Sous ma croûte dure, un ruisseau
coule encore, qui tente de se frayer un chemin vers la surface.

*   *   *

On connaît tous une odeur qui déclenche une émotion liée à
une époque lointaine, supprime l'effet du temps et, loin de
nous ramener en arrière, rend le passé présent, intact et
vibrant : friture de beignes, cuir de souliers, eau de Cologne
parentale, effluve de fond de bouteille, papier jauni de vieux
livre, arôme épicé de biscuits ou de gâteau sortant du four.

Pour moi, c'est facile. Enfant, j'habitais et suis retourné
vivre, comme par hasard, près d'une usine de bonbons sur la
rue de Rouen. Elle vient de fermer, mais au moins, j'aurai
profité de sa présence pendant quelques mois. Certains jours,

un parfum de sucre candi ou de glaçage remplissait l'air d'un relent d'enfance irrésistible. Lorsque je passais en vélo sur la rue, je m'enfonçais dans ce nuage sucré. J'avais cinq ans de nouveau et je salivais à cette odeur qui annonçait le tsunami de saveurs qui allaient submerger mes papilles. Hum !

Il y a aussi des senteurs moins intéressantes, mais qui caractérisent le quartier et lui confèrent son identité inimitable. Ainsi, lorsqu'un vent d'ouest se lève, l'air est envahi par une odeur de feuilles de tabac coupées. Elle provient d'une usine de cigarettes appartenant à des intérêts japonais, près de Frontenac, tout juste à côté d'une école primaire et d'une polyvalente. Ses futurs clients qu'elle enfume déjà.

Hochelaga, c'est parfois aussi une absence d'odeurs : celle des fleurs, de la terre, des arbres. Comme Sylvestre aime répéter, en exagérant un peu, lorsqu'il revient dans le quartier pour aller voir sa mère :

— Les seuls espaces verts, ici, ce sont les visages de ses habitants !

* * *

C'est en retrouvant un endroit aimé qu'on s'aperçoit qu'il ne nous a jamais quittés. De retour après un long voyage, nos bras accomplissent des gestes familiers, ouvrent une étagère et se souviennent que les verres sont dans celle du bas, alors que notre conscience n'en gardait aucune trace. Pour peu qu'on laisse notre instinct nous guider, on sait où marcher, et cette partie de nous, qui sommeillait, se réveille comme un chat après une longue sieste. On sourit alors, comme on le ferait face à une vieille connaissance revue à l'improviste.

Ainsi, en retournant dans Hochelaga, je me suis aperçu que le quartier de mon enfance m'avait toujours habité. Et pour cause ! Avant de déménager, à dix-sept ans, je l'avais parcouru du regard. Puis, j'avais enroulé l'école, la cour, ma maison, la rue, les trottoirs et tous mes amis dans la couverture chaude de ma mémoire. Les jours de nostalgie, je la déroulais et tout resurgissait, intact, avec son relief d'antan. On peut bien se sentir plus lourd, une fois adulte. On trimballe avec soi une quantité croissante de souvenirs; notre tête se remplit de ces babioles dont nous pouvons difficilement nous passer, puisque c'est de nous qu'il s'agit. Qui veut faire une vente de garage de lui-même?

Au fait, je me demande combien j'aurais pour chacune des fois où j'ai dit « je t'aime »?

— Combien vous demandez pour cette déclaration d'amour?

— Vous avez l'œil! C'est un « je t'aime » assez spécial; on n'en retrouve plus des comme ça. Il n'est plus fonctionnel, mais il a gardé son lustre original et peut encore faire bonne figure sur l'étagère de vos souvenirs. Si vous voulez, je vous fais un prix pour le lot entier. Tout doit partir: je veux faire de la place pour une autre belle!

* * *

Bon, je crois que j'ai fait le tour. Pour me donner un coup de pouce, j'ai décidé de retourner hanter les lieux de mon enfance. Au moins, en retournant chez moi, dans Hochelaga, je me retrouve en terrain connu, et n'ai pas besoin de carte pour m'orienter. Le temps dira si mon passé a plus d'avenir que mon présent.

Homme sweet homme!
— UNE FEMME CASÉE.

À mon arrivée, l'an dernier, je me suis installé sur la 3e Avenue, entre de Rouen et Ontario, dans un quatre et demi, au deuxième étage d'un quadruplex en rangée. Ces logements m'ont toujours plu. J'aime qu'ils donnent l'impression de se soutenir pour ne pas s'écrouler. Dans le petit quatre et demi d'à côté vivent Jocelyn et Louyse, un jeune couple de professionnels sans enfants, sinon ce petit furet au cul bas qu'ils appellent Fidel. Curieusement, ce rongeur à moustaches me fait sourire malgré moi, car il me rappelle mon père.

Jocelyn, la jeune trentaine souriante, l'air intelligent et affairé, les cheveux bruns affligés d'un début de calvitie, travaille dans la publicité; Louyse, grande, osseuse, châtaine aux cheveux courts, travaille dans l'administration de la santé, ai-je appris d'eux lorsque j'ai emménagé. Depuis, je les observe du coin de l'œil.

Ces deux-là ont beau être encore jeunes, ils ont déjà les traits des vieux couples : dans leur cas, une même réserve, comme s'ils se contentaient de rester en mode économie. Ils sont écologistes. Ne prennent leur voiture que pour leurs longues virées de fin de semaine à escalader des parois rocheuses. La semaine, ils ne se quittent pas, toujours encordés. La vie semble pour eux une longue hypothèque à taux fermé.

Ce gentil couple fait tout comme il faut. Lorsqu'ils font du vélo hybride, ils sont recouverts d'un attirail impressionnant : casque profilé, gantelets, collants matelassés criards, lunettes, souliers spéciaux, sifflet. Quand ils font de la marche, ils ont une lampe frontale, des vêtements Gore tex, un sac à dos dernier cri et un lecteur mp3. Lorsqu'ils mourront, je les vois déjà, exposés dans des vêtements griffés.

Même si leur souci de tout faire comme il faut m'impressionne, je sais qu'ils ont bon cœur. Ils me l'ont montré, le jour de mon arrivée, en m'offrant leur aide et en me donnant à boire : de l'eau gazéifiée provenant d'un esker d'Alaska.

À cause d'eux, de moi et des autres jeunes qui embourgeoisent le secteur, à l'épicerie Phong, au coin de la rue, les baguettes côtoient maintenant le pain blanc tranché et le vin a fait son apparition à côté de la bière. La farine de plantain avoisine le riz au jasmin. Sur le comptoir, dans une corbeille, des croissants aux amandes s'accommodent de la présence de sacs de fromage en grains.

Monsieur Phong père est toujours là, indestructible. Il a échoué ici avec la première vague de réfugiés vietnamiens durant les années 1970 ; lui et sa famille se relaient dans ce magasin qu'ils ont patiemment décoré à leur goût. Ainsi sont apparus, au fil du temps, des bambous, puis un assortiment de plantes vertes qui donnent au dépanneur des allures de forêt tropicale. Un bruit de source adoucit l'atmosphère. Le samedi soir, les deux nièces Phong viennent s'y ennuyer, mâchant de la gomme, les écouteurs aux oreilles, le temps de gagner de quoi aller danser.

Monsieur Phong, en commerçant averti, ajoute constamment de nouveaux articles afin de satisfaire sa clientèle, qui s'enrichit régulièrement d'une nationalité ou deux. Ainsi, outre quelques Arabes, à qui l'on doit l'apparition de baklavas et de vraies merguez, le quartier compte quelques Chinois bouddhistes, ce qui nous a valu des branches de litchis et de l'encens. Puis, Dieu et Bouddha savent comment, du canard séché. L'épicerie Phong, ce n'est pas un dépanneur, c'est une réplique des Nations Unies, toutes nationalités confondues et liées par ce même cri du ventre, ce cri universel, sans besoin de traduction et qui rapproche les ethnies plus que tout. Surtout lorsque les crevettes tigrées et le riz sont en solde!

* * *

Au rez-de-chaussée du quadruplex, quatre colocataires, deux couples, se partagent l'énorme huit et demi. Je ne sais rien d'eux, sinon qu'ils sont jeunes, discrets et besogneux. Des étudiants embarqués dans une même aventure aux longs cours. Certains échoueront, mais pour l'heure, ils mettent le cap sur leur avenir avec une vigueur qui a été la mienne, il n'y a pas si longtemps.

Il y a enfin, dans les hauteurs comme il se doit, Germain, un poète dont la maigre silhouette flotte au troisième étage. Son allure dégingandée le fait ressembler à un pantin désarticulé, comme si le fil de son inspiration s'était coupé. Mais ce sont là des détails sans importance. Dès qu'il ouvre la bouche, j'oublie tout le reste. La chaude voix de Germain m'enveloppe et me berce. Il m'engueulerait que je continuerais à sourire béatement.

La première fois que je l'ai vu, il m'a souri, dévoilant une dentition douteuse. Il lui manque deux phalanges à la main droite.

— Salut! Vous êtes le petit nouveau, m'a-t-il lancé lors de cette rencontre, avec un large sourire de sergent recruteur.

— Euh, oui.

— Pis, vous aimez ça, ici?

Que répondre à une telle question? On adapte souvent sa

réponse à son interlocuteur, selon la relation qu'on entretient avec lui ou les liens qu'on ne veut pas développer. Comme il semblait sympathique, j'ai décidé que Germain aurait droit à tous les égards. J'allais être franc.

— Bien, c'est sûr que c'est un quartier dur, plus dur en tout cas que celui que j'ai quitté, Mercier, mais je m'y plais : c'est celui de mon enfance.

— Ah oui ? Eh ben, ça, c'est rare. D'habitude, on quitte Hochelaga dès qu'on le peut. Ça prend bien un intello pour revenir ici ! Ha ! Ha !

Sa remarque n'est pas méchante. J'y sens la volonté de rester vrai, ce qui est bien la condition première de l'amitié. Alors, je ris moi aussi, en me promettant tout de même de saisir la prochaine occasion pour lui remettre la monnaie de sa pièce.

— Bon, bien, faut que j'y aille. On ira prendre une bière, un de ces jours. On fera connaissance, ajoute mon nouveau voisin en m'envoyant la main.

Ce sont des mots bien banals, mais ce cousin germain m'inspire confiance. J'ai soif d'amitié, je crois bien.

* * *

Malgré l'escalier abrupt donnant sur le trottoir, je sors souvent mon vélo, que je laisse sur le balcon. Je le prends pour faire mes courses ou pour aller au jardin communautaire, à quelques coups de pédale de là, tout contre le flanc d'une église. Tout en bêchant, je me suis souvent demandé si cette terre grasse devait sa productivité au fait que ce terrain était autrefois un cimetière.

J'entretiens un petit carré de terre près de la clôture. C'est celui qu'on réserve aux nouveaux venus, car des légumes y disparaissent souvent. Suffit d'étendre le bras et de se pencher.

Ça ne me décourage pas. Je sais qu'à la fin de l'été, il me restera bien assez de tomates, de fines herbes, de carottes, de laitue. Et puis, j'aime jouer dans la terre. Enlever les mauvaises herbes. Aller chercher l'eau dans le baril voisin, puis la déverser sur mes plants. Les légumes eux-mêmes sont un bonus, au fond.

Ces pensées s'agitent mollement dans ma tête, comme les dernières fraises de la saison dans la sacoche accrochée à ma roue arrière, tandis que je pédale lentement vers la maison, pour m'accorder avec cette chaleur étouffante que juin dispense avec générosité. L'été, en ville, c'est comme vivre sous une aisselle gigantesque, moite au moindre mouvement. Je sue pourtant avec plaisir, car c'est chez moi. Je me *dégoutte* avec bonheur.

Je surplombe une bosse dans la rue. C'est tout ce qui reste de l'ancienne voie ferrée de mon enfance, enfouie sous l'asphalte. Après avoir rangé mon vélo et mis mes fraises au frigo, je me dépêche d'ouvrir la fenêtre de ce four qu'est devenu mon appartement. Puis, j'ouvre la porte arrière et monsieur B entre en miaulant, contrarié : « Tu y as mis, le temps ! J'ai pas que ça à faire, moi ! »

— Un peu de nourriture, Don Juan ?

Un miaulement m'invite à me presser. Je m'exécute, puis flatte le museau du chat, tandis qu'il ronronne.

— On est quand même bien ici, hein, B ?

Mon colocataire tigré à quatre pattes ne me contredira pas, lui qui est rapidement devenu le roi de la ruelle. Après quelques batailles avec les autres mâles, une paix relative s'est installée. Chaque soir, je le mets dehors, et monsieur baise. Nous nous retrouvons au matin dans la cuisine.

* * *

Dans ce faubourg, tout le monde vit la même mélasse. Alors, forcément, je me sens chez les miens. Quand j'ai la chance d'ouvrir la porte à une vieille mémé ou d'aider une mère avec son carrosse chargé, je le fais. Les occasions ne sont pas rares : tout le monde a besoin d'aide ! Ça me fait alors tout drôle à l'intérieur, comme si j'avais *sniffé* une ligne de bonté.

On pourrait croire que le bonheur est un luxe qui n'a pas sa place, ici. Qu'il est comme du champagne : au-dessus de nos moyens et de nos envies. Ce serait une erreur. Car si nos bulles à nous se contentent de crever à la surface d'une bouteille de 7UP ou de bière, du moins les savourons-nous pleinement.

C'est la première leçon que Germain m'a servie, de manière inattendue, alors que je sortais de l'appartement, tantôt. Il était assis dans les marches et buvait une boisson pétillante que je soupçonne être mélangée à de l'alcool. Avant de caler son verre, il l'avait levé à ma santé en levant les sourcils, pour mieux marquer l'importance de ce qu'il allait dire :

— Le bonheur, c'est une bulle qu'on se fabrique et qu'il faut laisser monter en nous jusqu'à ce qu'elle crève.

Femme : à prendre ou à laisser.

Ce soir, Sylvestre vient à la maison. Cet ancien compagnon du primaire a lui aussi grandi dans le quartier, mais il l'a fui dès qu'il a pu. C'est aujourd'hui un avocat prometteur de Longueuil, un grand trousseur de jupons montérégiens et un discoureur hors pair. Il faut le voir s'envoler ! Il viendra avec Francis, son ami. Cet enseignant est lui aussi un fin causeur. Lorsque je lance ces deux-là sur un sujet, ils se le partagent et le grugent comme un os, n'arrêtant pas avant d'avoir réussi à en exposer la moelle. Ou avoir vidé le frigo de sa bière.

Avec eux, les discussions sont de haute volée. Les considérations philosophiques succèdent aux remarques songées, comme des sushis après les petits fours lors d'un cocktail. Un exemple ? Vous tombez bien, Sylvestre et Francis viennent d'arriver. La tiédeur de ce vendredi soir favorise les épanchements. Assis sur le balcon arrière, la porte de la cuisine ouverte, nous échangeons. C'est la mi-temps de l'amitié. La pause avant que le vrai jeu commence.

— L'amour, c'est un match de football, lance Sylvestre.

Francis et moi le regardons de travers, attendant la suite.

— Sans toucher, pas de transformation.

— Oh, tu es allé la chercher loin, celle-là, dit Francis. Dis donc, tu as un air trop jovial : est-ce que…

— Touché ! crie-t-il à tue-tête.

Comme vous voyez, entre hommes, nous ne perdons pas notre temps en vains bavardages. Nous allons directement à l'essentiel et passons tout droit, préférant porter le ballon de notre désir jusqu'à la ligne des buts. Nous sommes des métaphysiciens épidermiques. Il n'y a rien à dire devant cette vérité. Aussi buvons-nous à la santé des femmes, ces fascinantes créatures aux humeurs si changeantes.

Je cesse ici la narration, pour vous éviter trop d'imbécillités. Lors d'une soirée entre adultes du même sexe, on passe en revue ses sujets préférés. Pour nous trois, ce sont la technologie, les sports, les autos et nos jobs. Notre sujet favori demeure cependant les filles.

Je dis *filles*, mais il s'agit toujours de femmes adultes. De même, j'ai constaté que les femmes parlent des *gars*, des *mecs*, mais pas des hommes. Ce rajeunissement sémantique m'a toujours intrigué, surtout que je suis un correcteur qui a le souci du détail. Est-ce parce que l'autre sexe interpelle ce qui est jeune en nous ? Est-ce par pudeur ? Craignons-nous d'alourdir l'ambiance par le poids des valeurs rattachées au statut d'adulte ? Chose certaine, nous devons si souvent être adultes. Quand on peut enfin redevenir ado en gang, on saisit immédiatement cette chance.

* * *

Pour exorciser nos démons, et surtout notre gêne, Sylvestre, Francis et moi commençons donc par dire des conneries. Ce déballage imbécile a un immense mérite. Il permet de nettoyer la place, de débarrasser le terrain pour ce qui importe vraiment : les femmes, et la tendresse qu'elles nous inspirent. Si, si : la tendresse ! Vous verrez bien, allez.

Au début de la soirée, notre conversation ressemble souvent à une ligne de mêlée où le sujet est intercepté au vol, subissant maints revirements. Après quelques échanges, le match devient typiquement plus intéressant. Nous en sommes là, ce soir. Sentant sans doute le moment propice, Sylvestre tente d'aborder le premier sujet significatif de la soirée.

— Nous sommes programmés pour survivre, pas pour être heureux.

Francis et moi nous jetons un rapide coup d'œil, pour savoir lequel de nous deux va intercepter cet énoncé. Nous le laissons filer, pour voir.

— Parmi nos ancêtres, seuls ceux qui étaient les plus alertes face au danger ont survécu et se sont perpétués. Nous sommes leurs héritiers. L'inquiétude nous aide à rester vivants. Nous faisons attention à ce qui va mal, et l'appréhendons. C'est notre carburant. Le bonheur ? C'est ce qui reste, une fois l'inquiétude apaisée : c'est avoir de quoi manger, un toit au-dessus de sa tête, et s'occuper de sa descendance.

— S'occuper de sa descendance ? Là, tu parles ! déclare Francis, qui se tait dès que Sylvestre lui lance un rapide coup d'œil pour lui signifier qu'il est hors-jeu.

— Les recherches des trente dernières années montrent que ceux dont l'esprit est occupé par le quotidien sur lequel ils peuvent exercer un contrôle sont les plus heureux. Le présent immédiat a toujours été important, vital pour nos ancêtres. Il continue de l'être. L'avenir est abstrait, incertain. Le futur ? Laissez-moi REER !

Sylvestre fait une pause, histoire de nous faire admirer son jeu de mots, avant de reprendre.

— L'important, lorsqu'on sait tout ça, c'est de se concentrer, non pas sur ce qu'il y a au bout du trajet, mais sur le chemin lui-même. C'est d'être reconnaissant des multiples sources de contentement qui émaillent le cours de nos vies.

Sylvestre fait une pause, mais nous sentons que c'est pour

mieux repartir, alors nous nous taisons. De toute manière, mieux vaut le laisser finir, nous le savons par expérience.

— Intéressant, Sylvestre. Continue !

— Merci. J'irai plus loin, alors. Notre société d'aujour-d'hui, avec ses règles de conduite égalitaires et asexuées, est à des années-lumière de ce que nous sommes et de ce qui nous rend heureux. Pour dire les choses comme elles sont, hommes et femmes sont faits pour passer le plus clair de leur temps séparés ; les hommes pour chasser et perpétuer l'espèce, les femmes pour prendre soin des petits, de la nourriture et du clan. La stabilité affective qu'offre le couple solide est bien sûr utile. C'est la base vers laquelle nous aimons revenir, après nos escapades. La fidélité complète offre cependant si peu d'avan-tages biologiques pour le mâle…

Sacré Sylvestre ! Francis et moi sommes tellement habitués à sa provocation qu'il devient difficile de jouer notre rôle, c'est-à-dire de protester avec véhémence. Car au fond, nous savons qu'il ne pense pas le tiers de ce qu'il avance. Nous savons aussi que ce coup de gueule survient toujours après que notre ami s'est ouvert. Comme si s'exprimer sur un sujet sensible le troublait, et qu'il avait besoin d'une outrance verbale pour retrouver son aplomb, comme d'autres jurent pour s'affirmer.

— Bon. C'est notre héritage, d'accord, dis-je pour jouer mon rôle et couper court à la conversation. Mais est-ce une raison pour agir comme des hommes des cavernes ? Nous sommes au XXIᵉ siècle ! En dévalorisant la fidélité, n'es-tu pas en train de donner raison aux immatures de ce monde qui sacrifient leur chance d'être heureux sur l'autel des plaisirs sans lendemain ?

— Tu as un bon point, Max. L'Institut américain du bonheur — car il existe un tel institut en Californie, qui effectue des recherches sérieuses sur ce sujet — a récemment statué que le bonheur est déterminé, en gros, pour un tiers, par l'hérédité, pour un autre tiers, par nos interactions sociales, et pour uniquement un dixième, par notre statut socioéconomique. Le reste varie.

— Attends, Sylvestre, dit Francis. Notre capacité à être heureux dépendrait donc davantage de nos gènes et de nos relations que de notre réussite financière ?

— Tout juste ! Gagner le million, l'obsession populaire qui garnit les coffres de l'État, ne procure qu'un an de bonheur. On retombe ensuite au niveau d'avant le gain. On s'habitue vite au luxe. D'où il s'ensuit que le *jack-pot* se trouve ailleurs. Vous devinez où ?

Francis et moi nous regardons.

— Dans l'amour ?

— Touché, Max ! lance Sylvestre. Une relation amoureuse stable apporte en moyenne cinq ans de bonheur. En dépit de tout, c'est ce qu'on peut espérer de mieux sur cette Terre.

Nous nous taisons, le temps de marquer le coup; le temps de digérer cette information qui nous replonge dans notre fange et nous confirme que cette langueur, ce besoin de se savoir aimé est légitime. Ça, on le savait dans nos tripes, et on se fout bien de ce que la science en dit. C'est donc plus le fait de voir cette partie intime de nous livrée au grand jour qui nous rend muets.

Notre coureur de jupons favori, ce discoureur infatigable, est soudainement devenu plus grave. Je regarde Sylvestre. Son visage poupon semble gonflé, comme enflé par une émotion qui veut sortir. Sa récente rupture amoureuse ne l'aide sans doute pas. Je sens que ce qu'il vient de dire correspond à son propre cheminement. Je me décide à lui lancer une bouée, au hasard.

— On trouve son bonheur dans des endroits parfois éton-
nants : une buanderie, un autobus, un trottoir, un site de
rencontres.

— Un site de rencontres ? En quoi est-ce étonnant ?
demande Sylvestre, qui a la mèche courte.

— Tu sais que j'en ai fait l'expérience, après avoir rechigné
devant ce moyen qui me répugnait. Il m'a permis de rencontrer
plusieurs femmes, parfois très bien sous tous rapports. Mais
ce que j'ai fini par comprendre, avec le temps, c'est qu'une
première rencontre virtuelle est trompeuse. Elle rassemble
beaucoup des éléments qui font le charme des premières
rencontres face à face : la spontanéité, la gaucherie, la joie de
la découverte, le mystère de l'autre se dévoilant petit à petit,
comme un *striptease* de l'âme. Tout y est. Mais c'est un leurre,
car on ne s'est pas rencontrés ; nos corps ne se sont pas flairés
et le langage non verbal n'a pu jouer son rôle. Le désir est là,
à distance, mais c'est notre imaginaire qui l'alimente. Je pense
malgré tout qu'Internet est un bon outil, si l'on n'oublie pas
que c'est un intermédiaire, un pis-aller. Oh, et il y autre chose
que j'ai découvert : le Web donne l'impression de gagner du
temps, mais il en fait perdre beaucoup. Les heures passées à
sélectionner, à comparer, à choisir et à échanger, bref à maga-
siner, souvent selon des critères insignifiants, on ne les passe
pas à simplement entrer en relation avec quelqu'un, à donner
une chance à la chance, et du temps au temps.

Surpris moi-même par ma tirade, j'éclate de rire :

— Je suis tout de même content d'avoir essayé, vous savez !
Internet a été ma bouée, elle m'a aidé à surnager pendant la
tempête. Mais je ne sais pas si j'y retournerais. J'en ai marre
d'avoir à me vendre. Sur le Web, se décrire tel qu'on est, c'est
se condamner à la réclusion à perpétuité. Il faut gonfler, améliorer et maquiller notre image, rouler les mécaniques. Il ne

suffit plus que ça clique, il faut que ça double-clique !

— N'empêche que, malgré tes grands airs, tu en as bien profité, lance Francis.

Je souris, car son commentaire me fait me rendre compte que nos opinions sont parfois comme les pelures d'un oignon : chaque couche en cache une autre, plus intime, qui se rapproche de l'essentiel.

— Tu as raison, vieux. On dira ce qu'on voudra, le moyen pour trouver l'autre importe peu, au fond. L'important, c'est de se rendre à destination, c'est qu'il y ait une rencontre. Car alors, même s'il ne se passera probablement rien, tout est possible.

La tête me tourne un peu, et je me demande si c'est la bière ou si c'est notre discussion. Je me lève pour aller y réfléchir en préparant des hors-d'œuvre à la cuisine.

Entre des relations ponctuelles, j'ai passé les dernières années à me chercher une compagne, souvent sur des sites de rencontre électroniques. Si ce sont bien des marchés à ciel ouvert, leur sol est mouvant et imprévisible comme celui d'un sous-bois au printemps. J'y ai pataugé entre Marjolaine, Manon, Connie… Mon regard se pose alors sur les amuse-gueules, vite avalés et vite digérés.

Au retour, avec mon assiette de canapés, je dois avoir un air funèbre, car les copains, ne voulant sans doute pas être contaminés par ma morosité, se mettent à déconner. S'ensuivent des échanges échevelés où mes deux compères se relancent sur leurs amantes, comme s'il s'agissait de produits vendus en solde, les comparant et les mesurant.

Je laisse Sylvestre et Francis renchérir sur la question en décrivant en détail les particularités physiques affolantes de leurs dernières petites amies. Einstein y avait-il songé ? C'est décidément vrai que le chemin le plus court entre deux points dans l'Univers est une courbe. Surtout entre un homme et une femme. Tout le reste est très relatif.

Impuissant :
le sexe est très impotent dans sa vie.

Il y a des gens pour qui le temps est un animal dompté, un outil, un allié dans leur stratégie de prospérité. Ce n'est pas le cas de la plupart des habitants d'Hochelaga. C'est plutôt lui qui compte sur nous : notre temps est compté. Chacun a sa technique pour passer au travers. Maurice, l'ancien dur de l'école, collectionne les enjoliveurs d'auto. Nous nous croisons souvent et nous nous sourions, complices, comme autrefois lorsque l'un de nous venait de faire un mauvais coup. Sa talle favorite : Notre-Dame, dans le tournant avant Pie-IX, après une série de nids-de-poule particulièrement redoutables. Sur une butte, en bordure du chemin, des enjoliveurs bosselés viennent s'échouer, inutiles comme des boucliers abandonnés sur un champ de bataille.

Maurice en a garni les murs de son appartement, puis le plafond. Quand toutes les surfaces ont été occupées, il a dû en remiser dans son nid à feu, le débarras à l'arrière. On reconnaît son appartement à l'enjoliveur chromé de Galaxie 500, qu'il conserve à sa fenêtre, au deuxième étage de ce triplex en rangée, rue de Rouen. Quand il ne ramasse pas *les caps de roue*, il se tient au bar Les Zones, où il est portier. Les filles le traitent bien : on a toujours besoin d'un protecteur quand on est une femme dans le coin.

*   *   *

Moi? Pour survivre, je vis à côté de moi. La trentaine efflanquée. Grand adolescent attardé. Romantique incorrigible. Correcteur à la pige. Si je me connaissais mieux, je dirais sans doute que je représente bien cette catégorie de jeunes artistes et de *wannabes* que les loyers trop chers du Plateau ont repoussé en bas de la côte, dans l'Est. Je suis pourtant né ici !

Ce qui m'a sans doute sauvé — de moi? —, c'est ma fulgurante capacité d'adaptation. Comme Zelig, le personnage principal du film du même nom de Woody Allen, je deviens celui avec qui je suis. On croit s'adresser à moi. On jurerait, à m'entendre, que c'est moi. J'ai jusqu'à mes tics. En fait, on s'adresse à soi. Je suis un miroir. Je renvoie à l'autre ce qu'il veut voir. Tout glisse sur moi.

Je sais que ça a à voir avec mon cœur. Pas qu'il fonctionne mal : il bat et tout et tout. Non, mon problème, ce sont les sentiments. Je ne sais pas quoi faire avec. Je me sens désarmé, comme si on m'avait mis un bébé dans les bras. Ça se tortille, ça veut quelque chose, mais c'est incapable de se faire comprendre, ce qui est exaspérant, avouez. Je ne suis pas à plaindre. J'aime mon métier de correcteur qui me permet de rester en contact avec les livres et l'écriture, ma passion. Cette lubie, tout le quartier la connaît, et la respecte pour la douce folie qu'elle est.

* * *

Monique, elle, collectionne les mecs. Si elle avait des trophées à mettre sur le manteau de la cheminée qu'elle n'a pas, ce seraient des organes mâles.

Monique n'est pas précisément une beauté. Ses traits, prématurément vieillis, ont une rudesse qui doit rassurer ses clients. Elle est ronde de partout. Blonde oxygénée, une repousse noire lui barre le crâne, d'où son surnom : la raie. Elle ne s'en offusque pas, ayant compris, en bonne commerçante, qu'en fermant les yeux sur cet affront, elle rassure ses clients : on peut lui manquer de respect, pourvu qu'on la paie.

Monique a développé un talent particulier : sa façon de sourire et de cambrer son buste impressionnant, en fixant l'homme qu'elle veut allumer, déclenche instantanément un bourgeonnement dont cette abeille besogneuse s'emploie, après quelques allées et venues, à recueillir le pollen. Son travail la rend souvent sens dessus dessous.

Nous nous côtoyons depuis longtemps. Déjà, enfant, je la croisais dans la ruelle. Tandis que les autres petites filles jouaient à la corde à danser en chantant sur la venue prochaine de leur amoureux, Monique, elle, traînait déjà sa solitude. La voyant seule dans le bar, pendant une période creuse, je me suis finalement décidé à lui demander d'élucider ce qui me turlupine depuis toujours :

— Pourquoi fais-tu ce métier, Monique ?

Après avoir accepté que je lui paie une bière, le sourire aux lèvres, et se rapprochant pour mieux se confier, elle m'explique sans fausse pudeur :

— J'avais douze ans quand j'ai appris, dans la ruelle, à branler les petits gars. Gratis, au début. Puis, comme la demande augmentait, j'ai exigé vingt-cinq cents. Les garçons du quartier ont vite transmis la nouvelle. Ils venaient faire la queue après le souper, quand le soleil baissait ses culottes !

Monique éclate d'un rire bref et reprend son récit, fière de ses exploits.

— Les bouteilles et les canettes vides disparaissaient des remises, raconte-t-elle en étendant le bras.

J'imagine l'épicier, monsieur Phong, voyant ces jeunes arriver avec la caisse de bière vide du père, en se demandant la raison de ce soudain zèle à les échanger contre de la monnaie.

Pour Monique, finies les fermetures éclair : que des ouvertures éclair. Le sentiment de jouissance, de pouvoir aussi, jaillissait en elle comme sur elle, qui ne put bientôt s'en passer.

— C'est dur à expliquer, dit-elle, affichant ce sourire incrédule et touchant de celle qui a du mal à se comprendre, sans toutefois se prendre trop au sérieux. Je suis devenue une droguée de ces odeurs animales, de l'adrénaline de cette activité défendue, de mon contrôle sur ces gars que je tiens à ma merci. Et puis, ça paye bien !

Adulte, Monique a continué ce trafic qui lui collait à la peau. Son quartier général, c'est ici et ailleurs ; pour ne pas se faire repérer, cette indépendante change d'endroit. Pour un peu, je m'attends à ce qu'elle me dise que ce commerce est un bienfait pour la société. Un service public dont elle ne prélève, en somme, qu'une taxe d'amusement. Heureusement, elle ne le fait pas, car ce n'est pas moi qui lui donnerais tort. Tout de même, en l'écoutant, je me demande pourquoi je n'ai jamais été mis au courant par les copains de l'école à l'époque. Mystère !

Trois clients entrent. L'un d'eux la fixe, et elle répond d'un léger signe de tête. Un habitué. Je la remercie ; elle se lève en me faisant un clin d'œil.

Ici, personne n'agit gratuitement. La vie coûte tellement cher, chaque geste compte. Ce n'est pas une question d'argent, mais de survie. Le troc se pratique continuellement. Celui des objets, celui des sentiments. On fait ce qu'on peut. Le reste se défait tout seul.

L'amour est la réponse à une question qui n'existe pas.

Bon, je crois que j'ai parlé de tout le monde. Ne reste que Suzanne. Je le fais à reculons, le cœur serré. Suzanne était la meilleure amie d'Isabelle, la sœur de Sylvestre. Gênée, discrète, on l'entendait rarement. Je ne la décris pas parce qu'elle fait couleur locale; car ça me fait mal de parler d'elle. Je l'aimais bien.

J'ignore ce qui s'est passé. Je sais qu'elle avait deux demi-frères et un beau-père porté sur la boisson. C'était sans doute le meilleur parti trouvé par sa mère pour remplacer celui qui s'était sauvé après avoir conçue Suzanne. Le mois suivant sa naissance, sa mère est retournée travailler dans un salon de coiffure de la rue Ontario, trois jours par semaine, au noir. C'est tout ce que je sais.

J'ignore pourquoi Suzanne est ainsi. Peut-être pour rien, au fond. En tout cas, c'est bien là que la fêlure s'est faite. Suzanne, notre gentille amie de jadis, ne vit plus dans le même monde que vous et moi. Enfin, je ne veux pas parler pour vous, mais dans le mien, on ne fait pas la rue sans raison mercantile, et on n'erre pas en silence comme un reproche vivant, complètement écarté de soi.

Tout s'est fait progressivement.

Jusqu'à douze ans, Suzanne était une gentille fille sans histoire, un peu en retrait. Le genre que les garçons ne touchent jamais, lorsqu'ils sentent le fil d'une innocence trop fragile.

La puberté avait fait son travail. Suzanne aurait pu être un beau brin de fille, mais on aurait dit qu'elle voulait cacher ses attraits. Sa magnifique tignasse châtaine s'effilochait. À l'école secondaire, son accoutrement, fait de chandails superposés et d'une jupe paysanne, effaçait toute trace de ce corps encombrant. Mais plus que tout, son regard fermé, fantomatique, repoussait maintenant tous les gars qui auraient été tentés de l'aborder.

Lorsque je la croisais, à l'école, elle me regardait furtivement sans s'arrêter. Je lisais dans ses yeux une frayeur animale qui couvait, comme les cendres d'un incendie. Quand elle riait, c'était pire. On aurait dit que son ventre, secoué par des spasmes incontrôlables, voulait expulser un corps étranger. J'ai l'air d'avoir tout compris, mais sur le coup, je ne comprenais rien, et j'appréhendais tout.

Un matin, l'ambulance est venue la chercher à l'école. Personne n'a été surpris. Il a été question d'hôpital psychiatrique. D'autres ont parlé de prison. Puis, quelques mois plus tard, elle arpentait les trottoirs. Peu importe d'où, on l'avait libérée, mais pas d'elle-même.

J'ai eu un choc lorsque je l'ai revue rue Ontario, près d'une ruelle, à mon retour dans le quartier, l'an dernier. Le visage flétri, le corps amaigri, l'esprit dissipé. Sa raison était en collision permanente, continuant de voler en éclats, brûlée par les stupéfiants. La lumière que j'ai vue dans son regard, lorsque nos yeux se sont croisés, semblait venir de la personne qu'elle fut jadis, mais le sourire plaqué sur son visage semblait figé pour l'éternité. Suzanne était ailleurs.

Je continue de la croiser. Je m'arrête parfois, discute avec elle. Discuter est un bien grand mot. Je lui parle doucement.

— Salut, Suzanne. Ça va ?

Elle ne répond pas, mais s'arrête, comme si elle réfléchissait à sa réponse. Elle regarde au loin. Puis, faisant un effort, elle pointe quelque chose que je ne vois pas. Quelque chose de curieux, à l'horizon, qu'elle essaie de me faire partager. Je ne vois jamais rien. Tout au contraire, je me sens alors au bord d'un gouffre qui me donne le vertige. J'ai peur de tomber avec elle. Alors, je reviens sur terre, là où mes bibittes sont bien à l'abri, dans l'enclos étroit que je leur conserve. Que serait-on sans la réconfortante prison de nos habitudes ? Des êtres asservis par leur soif de liberté. À servitude égale, je préfère la plus rassurante. Je me contente donc de regarder Suzanne dériver, seule, sans bouée, dans le courant de sa folie.

— En amour comme aux cartes, je ne bluffe jamais, dit-elle.

— Ne veux-tu donc pas gagner ?

— Si. Un roi de cœur.

En ce début d'août, le casse-croûte grec, à l'intersection des rues Hochelaga et de Blois, est rempli. Les fonctionnaires municipaux d'un édifice voisin, mais aussi les retraités et les chômeurs, de même qu'une cohorte de jeunes artistes, viennent dîner ici.

Je le sais, car je viens souvent, comme aujourd'hui, y manger. Le spécial du midi est difficile à battre : 4,95 $ pour un repas complet, soupe, dessert et café inclus. On a le choix entre des spaghettis, une brochette de poulet, un pain pita au porc, deux pointes de pizza ou du foie de bœuf. Le tout, garni de frites ou de pommes de terre et d'une feuille de laitue iceberg. Aujourd'hui, j'ai choisi l'omelette aux champignons. Quand le Jell-O coagulé est épuisé, le dessert devient un baklava ou même, joie suprême, un pouding-chômeur.

Depuis toujours, c'est la patronne qui sert aux tables. La première fois que je l'ai vue, je devais avoir huit ans. Mes parents m'avaient envoyé acheter un sac de frites format familial pour mieux faire passer le jambon de Pâques. Lorsqu'elle m'avait remis le sac fumant et graisseux, j'avais été surpris par l'expression de souffrance sur son visage. Instantanément, je m'étais senti coupable, comme si c'était moi qui faisais souffrir cette pauvre femme. Avec les années, je me suis habitué à ce masque, et j'ai fini par constater qu'elle le porte en permanence, comme un maquillage.

La patronne s'engueule souvent avec son mari, et semble toujours de mauvais poil. En plus, on gèle toujours dans le resto l'hiver. Ces irritants ne découragent personne. Une fois qu'on s'est frotté à la matrone, on constate qu'elle jappe, mais ne mord pas. Même si elle est près de ses sous, à la caisse, et qu'elle baragouine un français aussi rude et sec que le vent qui souffle sur les côtes de sa Grèce natale, on finit par s'habituer.

Ils ont un fils qui s'occupe des livraisons. Un gentil garçon aux cheveux noirs bouclés et aux joues rondes de bébé, même s'il a mon âge.

La semaine dernière, j'ai vu la vieille appeler son mari à l'aide. J'ai levé la tête de mon journal : un jeune se poussait sans payer. Le bonhomme a surgi de la cuisine en brandissant son hachoir de boucher, la casquette de cuisinier encore sur son crâne dégarni, les yeux exorbités, prêt à saigner le porc qui voulait les priver de leur dû. Coincé par des clients qui entraient, le jeune a dû implorer la clémence du cuisinier, qu'il a calmé en lui lançant un billet froissé de sa poche avant de disparaître avec son piteux pita.

Le vieux a ramassé l'argent en silence, l'a donné à sa femme, puis est retourné à la cuisine préparer un sandwich club. *The toasts must go on.* On en a eu pour de longues minutes à entendre la vieille se lamenter en franglais sur sa Grèce natale, où il faisait si bon et si chaud, et où tout le monde était gentil, tandis qu'ici, les jeunes sont tous des voyous qui ne respectent rien. Puis, quatre cols bleus sont entrés; la vieille a essuyé ses mains sur son tablier en silence en sortant des napperons de papier et des menus cornés.

Dans ces moments, je crois comprendre pourquoi elle fronce les sourcils. Elle a dû commencer dès son arrivée, il y a quarante ans. Ce froncement, c'est sans doute tout ce qui subsiste de la jeune femme grecque depuis son arrivée sur ce sol étranger, dur et froid. C'est le pli sur sa différence, qu'elle entretient comme une prière de retour. Il lui arrive pourtant de sourire! Hier, voyant toutes les plantes qui prospèrent dans la vitrine, je l'ai complimentée. Ses traits fatigués se sont alors éclairés et j'ai vu ses yeux étinceler, comme elle devait le faire en se penchant sur le berceau de ses petits-enfants.

— Elles sont *cute*, hein? *I don't know why*, mais j'aime ça, dit-elle en soulevant les épaules.

*   *   *

Une machine à toutous trône dans un coin, près de la porte d'entrée. Dans la vitrine, le soleil fait reluire les peluches et estompe leurs coutures chinoises. Un optimiste est en train de tenter sa chance. Il a mis un dollar dans la fente. L'appareil se met en branle en émettant un «Good Luck!» d'une voix enfantine. La pince se met en place, s'ouvre, descend. Pas de chance. Elle revient bredouille, tandis que la voix perfide suggère: «Try again!»

Il m'arrive d'essayer, moi aussi, l'infernale machine. Mon cœur bat lorsque je mets un dollar dans la fente et que la pince se met en marche. Je me permets d'essayer quand personne ne regarde, car je ne pince jamais rien. Je persiste, avide de réaliser le fantasme qui repasse constamment dans ma tête embrumée par l'émotion: j'arrive, triomphal, avec un gros toutou que j'offre à Mimi; elle est éblouie et reconnaissante, le prend et l'étreint. Elle est comme ça, Mimi: elle aime instantanément, sans condition ni réserve. Je ne vous l'avais pas dit? Mimi, c'est ma fille. Enfin, presque. C'est le modèle réduit de sa mère, Isabelle. Je les ai connues toutes deux le mois dernier. Depuis ce temps, nous ne nous sommes pas quittés.

Elle n'est pas précisément jolie, elle l'est vaguement :
le creux de ses fossettes fait ressortir ses joues rebondies,
au-dessus flotte l'écume de son regard de mère agitée.

J'ai commencé à récolter mes légumes. L'été achève. Lorsque je ne me défonce pas au travail (je ne refuse aucun contrat, afin de pouvoir subvenir aux besoins de ma princesse), je reste là, immobile, rêveur. Je repense à Isabelle. Je remue le velouté délicieux de nos premiers moments.

Isabelle… Jeune, j'avais très peu connu cette petite sœur de mon ami Sylvestre. J'ignorais alors que cette petite maigrichonne à *lulus* exercerait plus tard son pouvoir sur mon cœur.

Elle n'avait jamais existé avant que je retourne dans le quartier. Lors d'une fête familiale pour célébrer l'anniversaire de Sylvestre, fin juin, je me suis mis à la regarder, ébahi, comme si je la voyais pour la première fois. Je n'ai pas osé lui parler, jugeant le moment peu propice devant Sylvestre, mais j'ai bu chacune de ses paroles. Apprenant qu'elle avait un lopin au jardin communautaire, je m'étais dépêché de m'inscrire. Depuis, l'envie de retourner au jardin était devenue forte.

Ne devrais-je pas arroser ? Non, je suis allé hier, et le temps est couvert. Puis-je au moins sarcler ? Non, c'est encore trop tôt.

Je devenais frustré à force de chercher une raison d'y aller. Je me trouvais ridicule. *Eh, tu n'as pas à trouver de raison ! Tu veux y aller ? Vas-y, c'est tout !*

J'ai alors souri, soulagé, comme si on venait de m'ôter un

poids sur les épaules. Tout en pédalant, je me demandais si elle serait là. Tiens! La voilà, en robe!

— Bonjour! Ça pousse, hein?

Elle m'a regardé et souri, avant de répondre:

— Oui!

— As-tu besoin d'aide?

— Peut-être!

Je me suis approché et j'ai contemplé son carré. Comme je m'y attendais, les rangées étaient bien délimitées. Les légumes étaient identifiés par des bâtonnets, savamment agencés pour intimider les insectes prédateurs. Une main experte était à l'œuvre, ici.

— Félicitations, Isabelle, dis-je avec juste assez d'innocence.

— Merci!

J'attendais l'occasion pour la nommer. La première fois où l'on prononce le prénom de la femme dont on est épris est un moment important. Je ne saurais dire pourquoi. Faudra que je demande à Sylvestre. Tout ce que je sais, c'est l'effet que cela a eu sur moi: c'est comme si je venais de la toucher, de la reconnaître, quasiment de me l'approprier.

Tandis que je me penchais pour l'aider à arracher les mauvaises herbes, qui désiraient elles aussi profiter de cette terre grasse, je l'ai regardée du coin de l'œil: une petite brunette aux yeux noirs, nerveuse, mais déterminée, l'air sérieux, mais au sourire lumineux. Le genre intervenante en milieu communautaire; idéaliste, mais les deux petits pieds bien au sol. Irrésistible! J'ai regardé ses mains qui fouillaient la terre, sentant au même moment quelque chose remuer en moi.

— Que fais-tu dans la vie, Isabelle?

— Sylvestre ne te l'a pas dit? Je suis psychothérapeute.

Non, Sylvestre ne m'avait pas dit grand-chose parce que,

pendant des années, nous ne parlions presque jamais de nos familles. Depuis que je connais sa sœur, il a eu le tact de ne pas me poser de questions.

— Ah! Es-tu du genre à trouver une maladie mentale à la plupart des gens?

— Non; à tout le monde!

Nous éclatons de rire. Dans son regard, je lis que, comme moi, elle comprend que c'est peut-être sérieux. De fil en aiguille et de pissenlit en chiendent, nous faisons connaissance. Je lui parle de mon travail de correcteur. Je voyais bien qu'elle me jaugeait, soupesant ce que révélaient de moi mes propos de trentenaire mince et échevelé. Son sourire m'invitait à continuer. Puis, est venu le temps où je n'ai plus eu aucune excuse pour rester près d'elle.

— As-tu soif? a demandé Isabelle.

Devant un verre de limonade, dans sa petite cuisine ensoleillée dont la fenêtre donne sur le potager communautaire, nous avons continué à jardiner dans le cœur de l'autre. Puis, nous avons délicatement délimité le terrain de nos fouilles, faisant ressurgir à la surface les débris épars de notre passé. Si quelqu'un nous avait vus, avec nos éclats de rire et nos yeux pétillants qui dévoraient l'autre, il aurait dit, sans hésitation: « Ces deux-là... »

Isabelle n'était pas aveugle ni moi non plus, et cela accentuait notre excitation, mais faut se faire à l'idée: nous avions chacun une trentaine d'années d'éducation, de pudeur et de bonnes manières à défaire, avant de mettre nos sentiments à nu.

Isabelle rayonnait sous mon regard de moins en moins gêné, tandis que je reconnaissais les ingrédients de mon attirance pour elle: une bonne mesure d'intelligence, un corps qui se respecte et, surtout, une âme bien vivante pour allumer tout ça.

La façon dont ses mains délicates s'agitaient tels de petits oiseaux gracieux, tandis qu'elle parlait de son travail et de ses ambitions, me donnait envie de les capturer. C'était un désir animal, préconscient, mais diablement insistant; l'impatience d'un chien voulant aller faire sa promenade et qui tire sur sa laisse.

En la regardant, j'ai béni le ciel d'avoir eu l'idée d'aller au jardin communautaire. Je ne voulais cependant pas trop espérer de ce germe de relation. Malgré des soins identiques, certaines graines poussent, d'autres pas. On verrait. Et puis, il y avait sa fille, dont elle m'avait révélé l'existence…

— Où est le père de Mimi ?

La question me taraudait. Isabelle a baissé les yeux, puis les a plantés résolument dans les miens :

— J'ignore où il est. Probablement de retour dans son repaire familial, dans le bout de Maniwaki. Et c'est mieux comme ça.

Était-ce mieux comme ça parce qu'il avait été un mauvais père ou parce qu'Isabelle souhaitait élever sa fille toute seule ? Surpris moi-même par ce questionnement que je retenais pour l'instant, j'ai su instantanément qu'il me serait facile d'aimer cette enfant.

J'ai décidé de reporter le reste de mes questions à plus tard. J'en savais assez.

C'est alors que nos lèvres, mues par un même ressort, ont décidé que nous avions perdu assez de temps, et ont fait plus ample connaissance.

Tout à coup, Isabelle a rougi délicieusement et s'est approchée pour me faire une confidence.

— Mimi est avec sa grand-mère jusqu'à demain.

Avant mon départ, longtemps après le coucher du soleil, Isabelle m'a laissé son numéro. Tout un numéro.

* * *

Au cours des semaines suivantes, nous avons partagé plus que nos légumes. Isabelle et sa fille sont venues habiter avec moi. Encore là, tout s'est fait très vite.

C'était un de ces soirs d'été magiques. Dans le parc Maisonneuve, les branches des arbres ployaient sous le poids des feuilles à maturité et de l'humidité, étouffante. Isabelle et moi pédalions côte à côte. Mimi était dans son siège à l'arrière. Elle et sa mère chantonnaient, mais je voyais que cette dernière semblait préoccupée. À la fin de la chanson, elle a lâché sa bombe :

— Je n'aime pas mon logement. J'aimerais ça déménager ! a-t-elle soupiré.

— Mon logement est trop grand pour moi tout seul. Pourquoi ne viendriez-vous pas habiter avec moi ?

J'avais parlé sans réfléchir. Étonné par ma hardiesse, je l'avais été plus encore par la réponse rapide d'Isabelle :

— Ah oui, tu voudrais ? Ce serait merveilleux… Une amie veut mon logement. D'accord !

Une semaine plus tard, nous étions trois et demi dans mon quatre et demi. J'en suis encore tout étourdi !

Monsieur B ne se plaint pas de cette présence féminine. Chaque fois que l'une d'elles arrive, c'est lui qu'elles minouchent, prennent dans leurs bras et embrassent.

Quant à moi, eh bien, tout s'est fait tout seul. Mimi habite la chambre d'ami et j'ai déménagé mon bureau dans un coin du salon. J'ai dû m'habituer à la présence de serviettes fleuries dans la salle de bain, à des fleurs séchées ici et là. Désormais, mes trois dessins de Normand Hudon trônent dans la chambre de Mimi. Dès qu'elle a aperçu les enfants dessinés par ce maître québécois, trouvés un heureux jour chez un brocanteur de la rue Sainte-Catherine, elle a été subjuguée. Son préféré est « Sébastienne la jumpeuse », une petite blonde adorable dont Hudon, éternel enfant, a rendu toute la gouaillerie en quelques taches d'encre de Chine noire et des giclées de gouache jaune.

* * *

Isabelle chante dans la cuisine en préparant une tarte aux pommes avec sa fille. La farine est partout : sur leurs joues et dans les cheveux de Mimi, sur le comptoir où elles travaillent, jusque dans l'air. Monsieur B, en chat prudent, se tient loin de cette agitation, invisible. Je suis censé corriger des épreuves, assis à mon bureau près du mur qui jouxte la cuisine, mais la tête n'y est pas, car je ne peux détacher les yeux de ces deux chanteuses de pomme.

Isabelle sait que je la regarde. Elle a compris, au velours de mon regard, que ça y est : je l'aime, et me délecte de l'entendre chanter avec sa fille. Les coups de vent ravivent le feu, et l'étincelle que je vois au fond de ses yeux me semble plus vive. Elle a sans doute saisi que je suis en train de me dire que le fait de l'avoir admise si vite chez moi, c'est l'une des plus sages décisions de ma vie.

Tandis qu'elle explique comment appliquer la pâte puis couper la bordure à Mimi, dont je ne vois que les yeux qui dépassent du rebord de la table, je décide de la regarder vraiment.

Grande, mince, anguleuse, Isabelle a les cheveux aussi noirs que le regard. Ses yeux regardent toujours vers le bas, comme au repos, en attendant de reprendre du service. Car alors, leur intensité vous fouette. Moi, en tout cas, ma colonne subit un coup de fouet électrique quand son regard m'atteint. Isabelle a ce don de me radiographier l'âme, ce qui m'épate et me trouble. Une fois l'envahissement de mon intimité constaté, j'ai souvent le réflexe de me protéger, de fuir, de me défendre. Ça ne dure qu'un temps, mais ces réflexes ont la vie dure. Ils sont comme des anticorps prêts à éliminer ce corps étranger. Étranger, mais ô combien voluptueux !

La vibrante sensibilité d'Isabelle se manifeste dès que je la touche. Son halètement, sa respiration saccadée, les ailes de son petit nez qui battent comme des papillons affolés, ses traits contractés, comme si je lui faisais mal, de ce mal dont elle ne pourrait plus se passer, me souffle-t-elle à l'oreille; tout ça montre quelle amoureuse fiévreuse elle est. Mon dos, mes bras et mon torse portent fièrement la griffe de sa féminine agressivité. C'est l'un de ces êtres qu'on dit écorché vif, à la sensibilité qui affleure, tel un détonateur prêt à exploser au moindre contact.

Frémissante comme l'eau d'une rivière, Isabelle en a le débit rapide. Le roucoulement continu de ses intonations me charme l'oreille, m'empêchant souvent d'entendre ce qu'elle dit. Isabelle me coule entre les doigts. Et moi, je suis transparent pour elle. Nous nous plaisons, sans raison apparente : la cause est entendue. Nos différences nous séduisent, nous fascinent par leur étrangeté. Il nous arrive de commettre l'erreur de penser que nous nous comprenons. Cela ne dure pas. Bien vite, nos différences nous sautent aux yeux, à la tête, au cœur.

Quatre semaines ont suffi pour que je comprenne la dynamique de notre relation. Je suis son amour de banlieue; elle m'aime à la périphérie d'elle-même. Tant que je la caresse et la couve, je sens qu'elle a l'impression d'être une femme, se voit confirmée dans son identité. Je suis son passeport, qu'elle utilise afin de franchir sans encombre la frontière des événements et des êtres. Je suis son territoire connu, son petit coin de pays qu'elle traîne avec elle et où elle peut se réfugier. En échange, Isabelle cuisine, m'aide dans mon travail, chante dans la maison et dans le lit.

Mimi, sa fille, a été supposément un accident, mais je ne crois pas au hasard. Ni que le père va un jour se montrer le bout du nez.

Je revois ce petit bout de femme, flottant dans sa robe de Barbie rose à pois blancs, maigrelette comme sa mère, lui tenant la main et me scrutant. Mimi savait que cette première rencontre était déterminante. Elle me jaugeait, et sous ce regard limpide, c'est moi qui me sentais petit.

J'avais apparemment passé le test, car une heure plus tard, comme nous nous promenions au parc Lalancette, elle m'avait permis de la prendre sur mes épaules.

* * *

J'ai de la visite aujourd'hui. Une visite que j'appréhende depuis que j'ai refermé le combiné hier : la mère d'Isabelle et de Sylvestre se pointe aujourd'hui chez moi ! Une visite de courtoisie, a-t-elle dit en sortant ses mots du dimanche, mais je soupçonne autre chose, car elle se déplace difficilement.

La sonnerie retentit. Je vais ouvrir : elle est là, volumineuse, avec un présent qu'elle me tend :

— Tiens, c'est pour vous deux. C'est une tarte au citron. Aimes-tu ça ? Isabelle en raffole !

Pendant que je prends le cadeau et le mets dans le frigo dans son emballage d'aluminium, elle va voir sa petite-fille et l'embrasse.

— Voulez-vous quelque chose à boire ?

— Un verre d'eau, merci.

Tandis que Mimi joue dans un coin du salon avec ses poupées, ma belle-mère s'assoit. Sa masse imposante fait grincer les ressorts du sofa. Je ravale ma salive en m'assoyant à côté d'elle. Monsieur B saute sur l'accoudoir, les yeux ronds, pour ne rien manquer de ce qui va suivre.

— Comment ça va, Max ? demande-t-elle, à voix basse, en caressant le museau du chat.

— Bien, bien.

J'ai toujours eu beaucoup de conversation, mais je la conserve pour une autre vie.

— Comment te débrouilles-tu quand Isabelle est au travail, comme aujourd'hui ? En tout cas, je suis venu te demander...

Elle se rapproche, jette un coup d'œil rapide à Mimi, puis chuchote :

— Tu crois pas qu'*elle* serait mieux avec moi, le jour ?

Ça y est, elle l'a dit.

Voyant que je ne réponds pas et que ma mine s'allonge, la mère Magloire débite rapidement ses arguments.

— J'en ai élevé cinq. M'en reste deux dans l'appartement. J'ai de la place...

La mère Magloire habite depuis toujours un six et demi au rez-de-chaussée d'un triplex en rangée de la rue Joliette, à trois rues d'ici. Tout en faisant semblant de l'écouter, je regarde ses jambes du coin de l'œil. Trop sollicitées, parcourues de varices, elles m'ont toujours ému. Déjà, petit gars, lorsque j'allais jouer avec Sylvestre, son aîné, je la voyais de dos dans la cuisine et j'observais avec un pincement au cœur les fils d'araignée violets qui gagnaient du terrain autour de ses mollets, tissant lentement une toile de douleur et de renoncement. Affligée par une phlébite, la mère Magloire doit maintenant compter ses pas. Il en faut visiblement plus pour la faire reculer.

— Max ?

— Hum ? Oh, excusez. J'étais dans la lune.

— Grand fafouin, va, répond-elle sans s'offusquer. Je t'ai

toujours aimé. Je suis content qu'Isabelle et toi, ça fonctionne.

Une larme perle instantanément dans ses gros yeux toujours humides. Décidément, elle ne me rend pas les choses faciles, moi qui voulais prendre un peu de distance pour mieux lui répondre que je pourrais très bien m'occuper de Mimi avec l'aide du CPE, merci, mais que j'accepterais bien une pause de temps à autre.

— Alors, qu'est-ce que t'en dis ?

Les émotions s'entrechoquent en moi comme des vagues sur un récif. Je suis un bouchon au milieu des flots agités. Je regarde Mimi, et la tempête s'apaise. Mon visage, soudain détendu, doit faire comprendre à ma belle-mère ce que mes neurones n'ont pas encore saisi, car elle hoche la tête, satisfaite, avant même que j'ouvre la bouche.

— Vous pouvez dormir tranquille, belle-maman. Je vais m'en occuper. On s'attache à ces petites bêtes, vous savez !

Je voulais faire une blague, mais on dirait que prononcer ces mots m'a fait prendre conscience de ce que je ressens. J'éprouve un frémissement quelque part où je ne suis pas habitué d'aller. Mes yeux se remplissent, moi à qui ça n'arrive jamais.

Ma nouvelle belle-mère sourit et hoche la tête, comme si elle savait ce que je ressens. Cela lui confirme son intuition.

— O.K. En tout cas, je suis là quand tu voudras la faire garder : j'ai toujours aimé *catiner*. On va laisser passer un peu de temps. On verra…

Puis, me prenant le bras et le secouant, tandis qu'elle se relève pour partir :

— Sois fort : elle a besoin de toi maintenant !

Je hoche la tête, puis tourne les yeux vers Mimi. Assise sagement dans un coin, elle joue avec deux vieilles poupées, dont une à qui il manque un bras.

Sans égard pour sa propre douleur, la mère Magloire se penche péniblement pour embrasser sa petite-fille, puis s'en va. Une fois la porte refermée, c'est comme si je venais de sceller mon destin. Quelque part, très loin, quelque chose me dit que je viens de devenir meilleur. Je me sens mieux enraciné.

— Ma ciboulette, viens me voir ! Allez, viens, ma pitchounette en sucre !

Mimi se met debout en ne lâchant pas la poupée qu'elle habillait. Puis, elle se jette sur moi. C'est fou, la force de ces deux petits bras. Lorsqu'elle m'agrippe, j'ai l'impression que rien ne saurait la faire lâcher prise.

Je l'étreins à mon tour.

— Collés hier, collés aujourd'hui, collés demain, hein fifille ? lui dis-je avec ma meilleure imitation du père Ovide, ce qui la fait toujours rire.

Mimi raffole des *Belles histoires des pays d'en haut*. Elle aime aussi *Fanfreluche* et la *Ribouldingue*, dont j'ai trouvé de vieux épisodes dans un bric-à-brac. Mais dès que la musique des *Belles histoires* retentit à la télé, elle arrête de bouger, hypnotisée. Du diable si je comprends pourquoi, puisqu'elle n'a jamais connu cette époque, et encore moins la campagne.

— Max, pourquoi le monsieur dit « viande à chien » ?

— C'est sa manière de jurer, mon trésor. Il est pas content. Alors, au lieu de dire des gros mots, il dit ça.

— C'est comme toi quand tu es fâché ?

— Oui.

Pour ne pas sacrer quand un verre de lait se renverse ou qu'un compte oublié me tombe dessus, je me suis entraîné à dire *bouleau noir*. Ça l'impressionne, car elle n'en a jamais vu — ni moi non plus. Ou, dans les pires moments, je lâche un *saint si croche de batinsse à fesse* bien senti.

*   *   *

Pigiste depuis que la revue dont je corrigeais les épreuves avait fermé, mon budget était très serré.

— Les gens ne lisent plus, m'avait expliqué la rédactrice en chef d'un air désabusé, en me remettant mon dernier chèque. Ils vont dans Internet et pitonnent...

Ça m'a fait réfléchir. Pas plus bête qu'un autre, j'ai décidé de cogner à la porte de portails en émergence. Je me suis mis à éplucher leurs sites Web, repérant les inévitables coquilles, cueillant les anglicismes au vol, mettant le doigt sur les fautes de structure. Puis, j'ai joint ces trouvailles à mon C.V., que j'ai envoyé par courriel.

Ça a marché! J'ai reçu trois réponses en autant de semaines. Un rédacteur en chef de site Web m'a demandé mon tarif, puis m'a embauché à forfait. Je reçois à présent les pages chez moi. Je les épure, puis les envoie sur un site où on les met en ligne. Mon salaire est versé directement dans mon compte. C'est un emploi virtuel, mais c'est mieux que virtuellement rien.

Mimi est contente. Les jours où elle ne va pas au service de garde, elle a son poupounet pour elle toute seule. Pendant que sa mère est au travail, elle commence à se prendre pour une maîtresse de maison. Elle me sert souvent le thé dans une tasse de poupée, et ne part pas avant que j'aie tout bu.

— Où as-tu pris l'eau, ma biche?

— Dans le *gros binet*. C'est bon pour toi, Max.

Elle est resplendissante. Ses cheveux châtains, que je refuse de couper, menacent constamment de s'entortiller. J'aime les brosser. Patiemment, je parviens à en supprimer les nœuds. Elle se laisse faire. Ses yeux limpides sont des puits de bonheur où je m'abreuve tous les jours. À propos, ses puits sont épuisés. C'est le temps du dodo.

Pendant qu'elle sommeille, la bouche entrouverte, les boucles emmêlées, je peux bien vous le confier, la coquine n'est pas sans défauts, et elle aime bien me faire damner. Elle a des joues pleines où j'aime faire germer des fossettes. De temps à autre, le caractère de sa mère se révèle, en particulier lorsque vient le moment de l'habiller. *Soupir.* Elle a, en tout cas, les mêmes billes noires. Je me perds parfois dans la contemplation de leur miroitement, fasciné par leur éclat où les émotions s'entremêlent, hélas, pas toujours joyeusement. Surtout lorsqu'elle demande, inlassablement :

— Maman revient quand?

Car sa mère revient tard depuis une semaine. Ses patients, j'imagine. Faudra que je lui en parle.

Je suis lubrique, sarcastique, distrait, gourmand.
J'ai aussi quelques défauts.
— MERCI, ROMAIN.

Sylvestre, Francis et moi sommes au bar Les Zones. Maurice, notre ancien comparse de cour d'école, n'est pas là ce soir. La musique techno bat son plein. Le bar grouille de monde et il faut parler fort pour se faire entendre. C'est de nouveau vendredi soir. Isabelle et sa fille sont chez la mère Magloire pour la nuit. Sylvestre, dont le célibat allume le regard, vient de se lancer dans un de ses discours à l'emporte-pièce, une sorte de feu de Bengale où les idées éblouissent en tirant dans toutes les directions.

Il nous raconte les conquêtes qu'il faisait à ses débuts parmi ses clientes divorcées.

— Je les remettais sur le droit chemin, et rendais un grand service aux hommes, car j'empêchais ces femmes aigries de sortir les griffes contre tout ce qui porte des pantalons.

— Tu es un bienfaiteur de l'humanité, c'est ça, Sylvestre?

— Tout juste, Francis !

Nous ne le croyons guère, mais le laissons dire.

Francis n'est pourtant pas en reste. Désabusé après deux échecs sentimentaux, il se félicite d'avoir quitté, l'an dernier, le secondaire public pour le cégep. Il fait à l'occasion du « transfert de connaissances » avec ses plus délurées étudiantes, y trouvant la « preuve » qu'il peut encore paraître assez jeune, malgré sa trentaine bien sonnée.

— Qu'est-ce que je fais avec deux machos comme vous ? dis-je en faisant semblant de me fâcher.

Ce dont je suis incapable, parce que je me suis attaché à ces deux nonos immatures, que je connais depuis trop longtemps. Plus on a aimé tôt, plus on aime sans condition. J'ajoute quand même, pour la forme :

— Non seulement c'est immoral, mais en plus, tu ricaneras moins le jour où tu te feras transférer une saloperie, Francis !

— Je me protège, qu'est-ce que tu penses. Mais il y a un prix à payer. Je dois leur accorder une bonne note finale : un A ou encore un B.

Je me contente de lever les yeux au ciel en secouant la tête en silence afin de bien marquer mon indignation.

— Quand oseras-tu aimer une vraie femme ? demande tout de même Sylvestre.

— Tu veux dire : quand aimera-t-il vraiment ? Car rares sont les femmes qui ne sont pas vraies.

— Ça se discute, Max. En voulant jouer le même jeu que les hommes, certaines femmes ont fait de leur relation un enjeu qui leur donne du pouvoir. Elles ne pensent plus au couple, mais à ce que l'autre peut et doit leur apporter. Où allons-nous, si les femmes ne tiennent plus autant à la vie à deux ou à la famille ?

— Au lit ?

Sylvestre regarde Francis de travers. Il voulait faire le comique, mais il révèle malgré lui une vérité avec laquelle Sylvestre est mal à l'aise, parce qu'elle est un peu trop près de l'essentiel, trop tendre.

— Ce qui est vrai, lance Sylvestre, c'est qu'en devenant aussi légères que nous, ces femmes ont supprimé le bercail où nous aimons retourner. En ne soignant plus le nid, elles nous ont fait perdre nos repères, notre port d'attache. Une des conséquences, ajoute-t-il en hésitant, c'est qu'entrer en relation avec une femme est devenue une entreprise risquée. Le terrain de la drague est rempli de ces mines individuelles : à chaque pas vers l'autre, on ne sait pas si on ne déclenchera pas une explosion qui pulvérisera nos chances. Ces mines, nous les connaissons bien, n'est-ce pas, les gars ? Ce sont les exigences, les règlements, les lois, les valeurs, les dogmes que la société a cru bon mettre sur notre chemin pour nous dompter : pas d'agressivité, pas de machisme, pas de sexisme...

— À force de nous casser la gueule, nous sommes devenus méfiants, distants. Et elles nous reprochent maintenant cette distance ! tonne Francis.

Sylvestre et lui entrechoquent leur bière, sûrs que leur cri du cœur et des couilles restera sans réponse. Ils ne demandent pas mieux que de se rapprocher d'une femme, mais ne veulent désormais y laisser que leur peau. L'amertume les guette.

— La tendresse, l'abandon, le partage, la responsabilité individuelle sont des valeurs qui n'ont plus la cote, ajoute Sylvestre après une rasade.

Je le regarde, incrédule :

— Dis donc, tu ne manques pas de culot. L'intransigeance féminine est pourtant ton fonds de commerce ! Et puis, ces valeurs de partage que tu demandes à l'autre, les offres-tu, toi ?

Nous éclatons de rire, Sylvestre compris, pour qui notre complicité et l'atmosphère légère du bar l'emportent sur son amour pas très propre. Afin de me dédouaner, j'ajoute, conciliant :

— Vous savez, on a eu beau clamer jadis aux femmes qu'elles pouvaient se réaliser sans homme et sans enfants, ce qui nous pousse l'un vers l'autre reste toujours aussi fort. Je fais même le pari que les femmes et les hommes de notre génération vont réussir à harmoniser vie amoureuse et vie professionnelle. Oui, l'amour a encore sa place !

— Sacré Max ! Toujours aussi idéaliste, hein ? C'est Isabelle qui te donne toutes ces mauvaises idées ?

Sylvestre blague en évoquant sa sœur pour une rare fois. Les trois loups apprivoisés que nous sommes sourient en chœur. L'atmosphère bon enfant incite même Francis à s'ouvrir.

— Puisque nous sommes dans le rayon des confidences, j'ai le goût de faire celle-ci. Vous savez quoi ? La femme de ma vie, je la reconnaîtrai à ceci : elle rira lorsque je la chatouillerai.

— C'est tout, Francis ? lance Sylvestre, incrédule.

— Vous n'avez rien compris ! Si je peux le faire, c'est qu'elle m'aura permis de la toucher. Elle montrera alors qu'elle est assez décomplexée pour s'abandonner. Et elle l'aura fait avec moi ! Enfin, par sa facilité à rire, elle dévoilera sa grande disposition au bonheur. Pour ma part, c'est le signe que j'aurai envie de la voir rire, et de rire avec elle. Je serai heureux ! On ne devrait jamais oublier de chatouiller la personne qu'on aime. Je suis chatouilleux, là-dessus !

Sylvestre et moi nous lançons un regard du coin de l'œil :

— Guili-guili, guili-guili ! Oh, je t'aime, Francis ! lance Sylvestre.

Je sais bien que Sylvestre et Francis déconnent pour provoquer et donner le change. Ils se languissent de trouver celle qui leur fera oublier les autres. Ces discussions n'ont d'autre but que de ventiler leur angoisse, de passer le temps. En tout cas, celui qui ne compte pas, en attendant celle qui comptera. Celle qui leur chatouillera l'âme. Ils la cherchent à tâtons, et n'empoignent pour l'instant que du vent et de l'amitié. C'est toujours ça de pris.

* * *

L'été s'étire. L'emploi d'Isabelle dans un centre de psychothérapie lui prend actuellement toutes ses énergies, tandis que mes commandes de corrections augmentent. À son retour, le soir, nous tâchons de nous retrouver. Ce n'est pas toujours facile. Parfois, tout se déroule bien. À d'autres moments, comme aujourd'hui, une subtile tension, faite de couches successives de griefs microscopiques accumulés et macérant dans une fatigue nerveuse alimentée par une abstinence sexuelle conjointe, nous rend les nerfs à fleur de peau. Dans ces conditions, les garde-fous de politesse ont foutu le camp. Nous sommes privés de ce liant et la terre fertile de nos relations s'assèche vite. Ce n'est qu'une question de temps avant qu'une escarmouche nous enflamme.

J'ai acheté et fait cuire des épis de maïs achetés chez Phong. Après le repas presque en silence, cela commence.

— As-tu fait le lavage ?

— Non, j'ai été occupé. Je le ferai demain.

— Ce sera trop tard…

Me voilà piqué. Le match peut commencer. Il reste pourtant dans les limites de la bienséance. Nous ne nous engueulons pas vraiment. Les mots défilent, innocents en apparence. Si je suis un boucher, tailladant la viande à tort et à travers et me coupant souvent, Isabelle est une chirurgienne habile. Ses mots sont des scalpels. Connaissant déjà mes points faibles, elle sait où frapper et atteint toujours sa cible, rouvrant une plaie et la grattant.

Inutile de répéter ce qu'elle énonce avec tant de perfide perfection. Le pire, je crois bien, c'est qu'elle a raison. Du coup, je me vois contraint de recourir à des armes indignes de moi et de nous pour rétablir la situation à mon avantage. L'envie me prend de l'engueuler franchement, de hausser le ton ou de partir. Mais elle n'est pas un gars. Ce qui serait dans l'ordre des choses entre hommes n'a pas sa place ici. Sa fragilité me force à mettre des gants blancs pour répliquer à ses coups de griffe. Match inutile, perdu d'avance. Elle a facilement mal, et je n'ai tout simplement pas le droit de la blesser davantage. Dans les armes verbales d'Isabelle, derrière le poignard de ses mots, je sens tout le poids de cet avantage qu'elle met à profit pour mieux m'enfoncer ses paroles dans la gorge.

Comment réagissez-vous quand on vous fait mal ? Moi, en tout cas, je me défends avec les moyens du bord. C'est-à-dire mal. Je n'ai aucun don pour la victimisation. Mais comment réagir quand on perd, quoi qu'on fasse ? Alors, après quelques gauches tentatives, je ne fais rien. Je ne réagis pas, ne dis plus rien. De toute façon, ça ne sert à rien de parler. Isabelle trouve toujours le moyen de retourner mes armes contre moi. Malgré moi, cette prouesse verbale m'épate, même si elle est destinée à mieux me faire mal. Oui, Isabelle est une artiste.

Dans ces moments lourds, je ne sais jamais comment recoller les morceaux. La plupart du temps, cela se fait tout seul. Je finis par oublier que nous nous boudons, et lui parle tout à coup avec enthousiasme du dernier film d'Almodovar ou encore du dernier roman d'Andreï Makine.

Pas ce soir. Isabelle débarbouille le visage de Mimi en faisant des grimaces, ce qui fait rire sa fille et détend l'atmosphère. Je ris aussi et lui suis reconnaissant de privilégier le bonheur. Certains préfèrent le chocolat amer; pas Isabelle, qui le veut brun, onctueux, et aime le partager.

Nos moments de réconciliation sont délicieux, tendres et passionnés. Ce soir, après le coucher de Mimi, sans nous consulter, nous nous sommes allongés tôt. Comme on déblaie un terrain jonché de branches après un orage, ainsi, nus au lit, nous nous sommes massés tour à tour.

Jaloux, monsieur B vient sur le lit, réclamant lui aussi d'être flatté.

J'adore ces moments. Le dos blanc et arqué d'Isabelle devient alors une contrée vierge où j'aime dessiner les linéaments de ma joie, à la fois enfantine et impudique. Glissant le long de cette lande satinée, mon index crée tantôt une végétation luxuriante, tantôt une mer dont les vagues viennent chatouiller ses côtes. Elle crie et la joie de nous retrouver, complices, nous fait éclater de rire; le soulagement de constater que le rapprochement est encore possible nous détend. Elle me masse à son tour, langoureusement, tournant comme une chatte autour de sa proie, impatiente d'être croquée. La violence de nos échanges de tantôt ressurgit dans nos élans galopants. Il nous faut égaler la frustration de tantôt et la dépasser, pour nous prouver que le maître étalon de notre relation refuse de se laisser démonter par l'aigreur. Nous nous appliquons tous deux, cambrés vers ce même objectif qui nous traverse le corps et l'esprit.

L'amour physique a cette façon de tout laver, de supprimer la tension et la distance. Oui, pendant l'amour, je retrouve l'Isabelle que j'aime. Et sans doute elle aussi, qui me regarde avec intensité, tandis que je tente de me rapprocher encore plus profondément d'elle, quitte à y laisser une trace de moi, un fragment, une preuve que je peux encore être heureux avec elle. Puis, lorsque la rencontre survient:

— Je t'aime, grand fou!

— Moi aussi. Tant pis pour moi!

Puis, fourbus et en sueur, nous savourons ce moment. C'est l'armistice de l'amour.

* * *

L'une des causes principales de nos différends est la fille d'Isabelle, Mimi.

— Tu la gâtes trop !

Isabelle se défend bien d'être jalouse de Mimi. Pourtant, elle me dit souvent que je lui accorde trop de temps. Je me sens coincé entre l'arbuste et l'écorce. J'essaie de la raisonner, mais en vain. Pourquoi Isabelle est-elle si possessive ?

— As-tu peur que je me prenne pour son père ?

— Mais non, grand nono.

J'ai peu de talents, mais je suis un jardinier patient, et j'aime comprendre. Chaque dispute recèle, enfouie sous la couche de sédiments des mots, sa part de découvertes. Lorsqu'Isabelle tempête, je lui pose des questions, déblaie le terrain, élague mon discours. Avec le temps, je crois avoir mis au jour quelques racines qui nous nuisent.

L'amour, chez elle, est un moulin qui a besoin du souffle de l'autre pour se mettre en mouvement. Plus jeune, m'a-t-elle raconté, elle ne manquait jamais de soupirants, mais certains sont entrés en meuniers pressés, dévalisant tout. Je l'imagine seule, les ailes de son petit cœur craquant dans le vent, manège abandonné, ce qui me donne envie de la protéger.

Ces relations successives ont fini par tamiser ses espoirs, à les réduire en une farine peut-être un peu amère. Ses amours n'ont pas levé. Il leur a manqué jusqu'à présent un ingrédient : peut-être la certitude d'être digne d'être aimée… Isabelle a passé son temps à tenter de retrouver ce levain. Voilà sans doute pourquoi elle veut l'amour exclusif de sa fille.

Ce n'est pas tout. Ma douce aime qu'un amour ait la chaleur enveloppante d'un four. Elle s'y réchauffe, mais seulement en surface, comme je m'en suis vite aperçu. Dès que je me montre trop insistant, elle décroche.

Et moi ? J'ai le privilège du narrateur, soit. Mais faudrait pas penser que j'enterre mes défauts! En fait, je les entretiens; ce sont à peu près les seuls fruits qui poussent bien dans le terreau capricieux de mon caractère. J'ai, par exemple, celui de penser que c'est en restant jeune d'esprit que je resterai jeune tout court. C'est de la pensée magique? Soit, mais cette pensée magique, c'est encore la jeunesse.

J'ai aussi une autre faiblesse: celle de me gonfler d'espoir comme d'autres se gonflent d'orgueil. Vous savez, ce petit oiseau qui dilate une poche de son cou pour se rengorger et attirer une femelle? Eh bien, c'est tout moi. Lorsqu'Isabelle s'est montré le bec, je me suis gonflé le plumage.

Si j'en crois Sylvestre, je souffre de compulsion amoureuse. Ce n'est même pas de la dépendance affective, c'est quelque chose de plus primaire, qui prend aux tripes et ne vous lâche plus; une convoitise qui s'alimente toute seule. « Tu aimes l'amour! » m'a-t-il dit.

La belle affaire! Je crois plutôt que j'ai un cœur bien portant, débordant d'énergie et qui, avant de connaître Isabelle, trépignait de s'épancher pour une belle. N'avoir personne à aimer, c'est comme avoir faim sans pouvoir se mettre quelque chose sous la dent. On est là, avec son cœur affamé, et on a mal. Avec Isabelle, je n'ai plus mal. Mais après toutes ces chicanes, ces discussions, ces efforts, et malgré l'attirance que j'éprouve pour elle, l'énergie que cette relation exige me surprend et m'épuise.

Je pensais naïvement qu'il suffisait d'aimer. Qu'il suffisait de mettre la table pour manger. Je découvre avec stupeur qu'une relation est aussi faite de petits riens: « *Merci.* » « *As-tu froid?* » « *Tiens, voici un bouquet.* » Ces marques de politesse, de respect, sont autant de cailloux que j'apprends à égrener pour que l'amour ne se perde pas en chemin. J'en ai décidément à faire avant de prétendre être un bon amoureux.

Je ne suis sûr que de ceci :
il ne faut jamais être tout à fait convaincu de ce qu'on dit.
ROBERT MUSIL

Je marche sur le trottoir mouillé près de la maison, tâchant d'éviter les flaques laissées par un orage d'été qui a tout lavé et rafraîchi sur son passage. Je ne sais pas pour vous, mais moi, la pluie me rend philosophe. Est-ce parce que tout prend une apparence différente ? En tout cas, un inconnu a passé son chemin en sens inverse tantôt : la quarantaine, poivre et sel, maigre, un peu voûté. Nous avons échangé un regard. Je ne sais pas ce qu'il a retenu du mien ni qui a gagné dans l'échange. Mais je sais que le sien était chargé d'une résignation que je vois souvent ici. Une résignation non dénuée de bonheur, mais qui l'assujettit aux besoins pressants du réel, comme c'est le cas de bien des parents, spécialement quand le manque d'argent est chronique. Je suis reconnaissant de ces regards, car ils me remettent en quelque sorte à ma place, moi et mes inquiétudes d'amoureux. Ce que ce regard me rappelle, c'est que j'ai les moyens de me faire du souci pour Isabelle et Mimi. J'ai les préoccupations d'un homme comblé.

Je suis devant chez moi. En entendant vibrer l'escalier, je lève la tête. Germain descend. En toutes circonstances, une flamme tenace baigne au fond de ses yeux gris. Il est quinze heures, et pourtant, le soleil est encore à midi en lui. Il s'anime en me voyant et fait résonner sa chaude voix de basse.

— Salut, le nouveau ! Voulez-vous la bière que je vous avais promise ?

— Avec plaisir !

Le vouvoiement de Germain ne me dérange pas. C'est comme s'il voulait mettre entre nous, non pas une distance, mais au contraire, une civilité, une communauté de valeurs dont le charme désuet me plaît. Je monte ranger mon épicerie et redescends l'escalier. J'ai une heure avant d'aller chercher Mimi au centre de la petite enfance.

Nous n'avons pas plus de deux rues à faire avant de croiser une brasserie ou un bar. Ils pullulent ici. Nous nous installons Chez Monik, à une table de cet établissement si familier : salle sombre aux murs bruns, télé au mur allumée, mais image enneigée, chaises de bois inconfortables, vague odeur de renfermé, horloge Molson fluorescente. En cette fin de journée, l'endroit est presque désert. Dans un coin, deux hommes sans âge tètent leur bière, silencieux comme à la messe. Pendant toute la conversation qui va suivre, je les verrai périodiquement lever le coude et reposer lentement leur verre mousseux sur la petite table devant eux. En paix, loin de leurs tracas domestiques. Maîtres de leur bock.

Le serveur s'amène, tablier blanc douteux, ceinture de monnaie en cuir noir. Il n'a pas le temps de se rendre : Germain lui fait signe en lui montrant quatre doigts à sa bonne main. Nous nous assoyons.

— Puis, toujours content ?

— Du quartier ? Oui, merci.

Nous échangeons des banalités. Les bières arrivent.

— Alors, comme ça, vous êtes correcteur ? Enfin un confrère ! Trinquons !

Nous entrechoquons nos bocks. Je bois, même si j'ai du mal à avaler ma nouvelle identité de poète. L'autre, le vrai, vient de se mousser la lèvre supérieure, mais ça ne semble pas le déranger.

— Qu'écrivez-vous, Germain ?

Je me doute bien que j'ouvre une porte. Il sourit et se redresse. Je croyais qu'il allait parler, mais il se ravise, prend une autre gorgée et regarde au loin, comme s'il contemplait le vaste paysage intérieur de son inspiration.

— J'écris beaucoup de choses.

Puis, se rapprochant :

— Mais on ne me demande jamais pourquoi j'écris…

Il enchaîne sans attendre ma question :

— J'écris parce que j'ai mal. J'écris parce que je jouis et parce que j'ai faim. J'écris pour me soulager et pour me nourrir. J'écris parce que je suis vivant et que c'est tout ce que je sais faire. Je suis un ouvrier des mots. Je prends chaque matin mon coffre à outils, c'est-à-dire mon ordi, et je pars travailler. Je réusine des expressions ; je les *zigonne*, les polis, les mets en valeur. J'essaie de leur rendre leur beauté. Des mots, j'en trouve partout ! Dans un terrain vague, dans les poubelles : il suffit de regarder ! Personne ne prend plus le temps de regarder.

Il vide alors son bock d'un trait et en regarde le fond en silence, tandis qu'un rot inspiré lui vient aux lèvres.

« Personne ne prend plus le temps de regarder ? » Ce genre de remarque me fait sourciller. Comment un créateur pourrait-il se singulariser si tout un chacun prenait le temps de *regarder* ? C'est au contraire grâce au manque de temps des autres que le poète a sa place, l'artiste, son domaine, qu'ils peuvent s'opposer, se différencier. C'est si facile de pointer les autres du doigt, même s'il est amputé, lorsqu'on est du bon bord de la rive créatrice.

Je sens malgré tout que j'ai des affinités avec ce mal-aimé : ne cherche-t-il pas un trésor, lui aussi ? Il s'est visiblement trouvé dans cette quête. Et puis, les mots qu'il trouve, là où les autres ne voient rien, j'y crois aussi. Ont-ils une valeur ? C'est une autre histoire. À sa façon, Germain fait aussi comme Maurice : il recycle et enjolive le monde autour de lui.

Je n'ai rien lu de lui, mais son personnage est si convaincant que je ne serais pas étonné qu'il m'avoue avoir publié des opuscules. Avant que je lui demande, il se lance. Tandis qu'il le fait, son regard change : il s'anime, ses bras s'agitent.

— *Grande grue sur la grève ; tu élèves tout ce que tu touches.*
Et les hommes, en bas, tout petits, comme des mouches,
Rêvent qu'ils t'enfourchent et vont galoper vers le soleil.

Revenant du nuage où ils flottaient, ses yeux se tournent vers moi, guettant ma réaction. Je lui souris en hochant la tête, l'air de dire : « Eh ben, pas mal ! » C'est visiblement insuffisant, car il retourne à son deuxième bock. Je remarque ses bouts de doigts manquants. Voyant mes yeux se fixer sur eux, il profite de cette diversion.

— Vous voulez savoir comment c'est arrivé ?

Une fois de plus, il n'attend pas ma réponse.

— J'avais dix-sept ans ; je travaillais à l'usine avec mon père comme apprenti. Quelqu'un m'a appelé alors que j'actionnais la machine à trancher du carton. Une seconde d'inattention.

Il regarde sa main, la retourne. Il lui manque le bout de l'index et de l'annulaire de la main droite.

— J'ai dû dire adieu à mon rêve de devenir pianiste de concert.

Lisant la surprise sur mon visage, il précise :

— Je suivais des cours de piano. J'étais bon ! J'étais à deux doigts de réussir une carrière, assure-t-il, ironique. Je continue d'ailleurs de jouer. Venez me voir ! Je suis toutes les fins de semaine au bar Les Zones, rue Ontario.

Tiens, je ne l'ai pas vu la dernière fois que je suis allé avec les copains.

Je le regarde finir sa deuxième bière, comme s'il venait de traverser un désert, et une pensée me vient : une cale est un morceau de bois ou de pierre, qu'on place sous un objet pour lui donner de l'aplomb. Je me dis que, sans la musique de ses mots, Germain serait probablement déséquilibré, instable. À fond de cale. J'irai le voir au bar Les Zones.

J'ai rencontré plein de femmes
dans des relations sans lendemain.
J'ai aussi eu de mauvais moments!
ROMAIN GARY (CITÉ PAR SYLVESTRE)

— Qui suis-je?

Sylvestre me regarde, surpris. Lorsqu'il est venu me voir chez moi, en l'absence de Mimi et de sa mère, c'était pour fraterniser, rigoler; aller à la messe de l'amitié, quoi. Il ne s'attendait pas à devoir payer une telle dîme!

— Pourquoi me demandes-tu ça? dit-il en grattant machinalement le museau de monsieur B.

— Écoute, vieux: j'avance, comme toi, dans la trentaine. Le temps où je pouvais regarder en l'air en marchant achève. Je me découvre tout plein de raisons de baisser les yeux, mais j'ai peur que ces raisons ne soient que des défaites. Et même que ce soient justement ces défaites qui m'aient fait baisser la tête. Ce n'est pas tout. Que je le veuille ou non, mon corps dévoile de plus en plus sa date de fabrication (j'aurais pu dire «notre corps», mais je suis poli). Il s'ensuit que les autres s'attendent à ce que je me comporte conformément à mon âge. Avec le temps, je me suis mis à traîner en moi ce damné regard des autres et à me regarder aller. Mais ce procédé a ses limites. C'est ici qu'un ami me serait utile. Je veux dire: je me sens comme un daltonien ayant vécu toute sa vie dans un appartement et qui, un jour, regardant autour de lui, se demande: «Hum! C'est quoi, déjà, la couleur de cette pièce?» J'ai besoin que tu m'aides à regarder les choses autrement. Tu me connais depuis l'enfance, alors dis-moi : qui vois-tu ?

Un ami qu'on connaît depuis toujours, c'est une mosaïque. Il y a le mur de ce qu'il est, sur lequel nous plaquons nos interactions une à une. Celles-ci, au fil des ans, finissent par couvrir tout l'espace que nous lui consacrons. Je viens de demander à Sylvestre de regarder derrière la mosaïque colorée de notre amitié. Cela demande du temps. Son silence et sa mimique m'apprennent que ce que je lui demande lui coûte, mais il ne se défilera pas. Il se prépare, met de l'ordre dans ses idées, se lève, regarde dehors. Au bout de quelques minutes, il hoche la tête, puis commence :

— Max, tu es le gars le plus romantique que je connais. Le plus romantique et le plus attachant !

— Dis donc, je ne t'ai pas demandé de me lécher les pieds, tu sais !

Sylvestre s'impatiente. Je sens l'émotion le gagner. Il est lancé et trouve mon intervention indélicate, comme si j'interrompais une déclaration d'amour.

— Laisse-moi parler : tu m'as demandé d'être franc, alors tu devras te taire et écouter.

Je hoche la tête en silence et me croise les bras. Il peut y aller.

— Tu sais, au cours de cette foutue vie, on rencontre beaucoup de gens. Moi, c'est par le regard que j'entre en relation avec quelqu'un. Cela me pose d'ailleurs souvent problème, car comme je regarde mon interlocuteur dans les yeux lorsque nous nous présentons, je ne sais pas où est sa main. Il m'arrive donc de serrer du vent, et les minutes suivantes me démontrent que c'était bien ce qui m'attendait.

Je souris, mais ne dis rien.

— Avec toi, Max, je n'ai jamais éprouvé ce vide. Comprends-tu ? Bien des gens, pour se protéger, se réfugient loin en eux.

Ils affichent un moi de façade. Un moi de convenance, une couverture, un surmoi. Si ce pantin donne le change, il garde pour lui ses gros billets. On n'est d'ailleurs pas dupes. La plupart du temps, ce sont de mauvais comédiens, car ils ne s'investissent pas dans leur rôle. Il arrive malgré tout qu'on se laisse prendre. Le grain, le lustre, le fini du décor que l'autre nous montre ressemblent parfois à s'y méprendre au réel. On croit, pendant un certain temps, qu'on a affaire à une personne gaie, gentille, intelligente et désintéressée. Puis, comme les chefs-d'œuvre sont rares, après une fréquentation plus ou moins longue, les défauts de l'image apparaissent. On constate qu'il s'agit d'un décor de synthèse. Cela fait de nous des spectateurs bien involontaires d'une représentation. Ça arrive tout le temps. Rares, très rares sont les êtres authentiques. Authentiques jusque dans leurs incohérences, jusque dans leurs maladresses. Or, tu es l'être le plus distrait et maladroit que je connais, Max!

Sylvestre le dit avec tendresse. Je suis censé faire quoi? Je me tais, me contentant de hocher la tête de côté pour lui signifier qu'il en met une couche, mais que j'attends la suite.

— Tes maladresses sont rassurantes. Elles révèlent de toi que tu ne joues pas: tu es. Point. Dieu merci, tu n'as pas non plus l'indélicatesse de revendiquer cette authenticité comme un dogme auquel il faut adhérer. Tu ne t'imposes pas comme un bulldozer, à prendre ou à laisser. Tu es trop délicat et à l'écoute des autres pour ça. Non, tu es un bon gars, Max!

Bon, il l'a dit. Venant de Sylvestre, eh bien, que voulez-vous: ça produit son petit effet.

— Que veux-tu savoir d'autre, Max?

— Pourquoi ai-je autant de mal avec Isabelle? Pourquoi ai-je autant de mal avec les femmes?

Sylvestre ne semble pas surpris par la question et hoche

même la tête, la trouvant pertinente, ce qui me trouble. *C'est donc si évident ?*

— Écoute, Max. Je pourrais te dire que ma sœur est compliquée, mais ça, tu le sais déjà. Et puis, je préfère te parler de toi. Il y a longtemps que je voulais te le dire : en amour, tu n'es pas assez macho.

— Quoi ?

— Bon, tu es romantique. Toutes les femmes aiment ça, quoi qu'elles en disent, même celles qui affirment en être revenues. La fibre même dont la femme est faite vibre à cet appel. Mais ça ne suffit pas. C'est comme si tu avais l'appât pour attraper une prise. Mais quand tu en trouves une, tu ne sais pas quoi faire avec. Tu comprends, une femme s'attend à ce que tu lui démontres qu'elle vaut la peine que tu prennes des risques pour elle, que tu rendes hommage à la femme en elle. Même la plus féministe veut que tu la féminises. On a beau être au XXIᵉ siècle, la femme est une forteresse qui doit être prise ; qui *veut* être prise. Ceux qui se promènent en touristes dans le cœur d'une femme n'ont rien compris. Je vais te confier quelque chose qui constitue un secret bien gardé, en notre ère postféministe : la plupart des femmes aspirent encore à voir flotter sur le château fort de leur vie l'éclatant drapeau de l'amour ; c'est le pavillon qu'elles préfèrent. Heureux mâles que nous sommes ! Tout ça pour dire que tu as intérêt à te secouer les puces, Max. À réveiller le mâle en toi. Tu es trop poli. Sois plus rude. Une femme veut évidemment que tu la respectes, mais pas trop longtemps ! De la même manière qu'elle aime sentir notre main rugueuse sur son corps, elle veut se frotter à notre tempérament mâle.

— Sylvestre, avec tout le respect que je te dois, et l'amitié qui nous unit, va te faire foutre ! lui dis-je en riant. Tu as ton opinion sur les femmes, et tu as eu quantité d'occasions de la vérifier.

Mais bon Dieu que c'est réducteur ! Et puis, comment peux-tu me demander de changer ? Toi qui dis apprécier mon authenticité, comment peux-tu me demander de me transformer ?

— Parce que tu es un mâle. Tu es un charmeur qui s'ignore. Tu adores les femmes, comme moi. Lorsque tu en rencontres une — je t'ai déjà vu à l'œuvre — tu te transformes. Tu rayonnes, tu déploies des trésors d'ingéniosité, tu t'animes. Tu charmes cette heureuse élue ! L'effet est immanquable : la femme qui est l'objet de ce traitement en redemande. Elle attend la suite ! Or toi, tu ne fais pas grand-chose, parce que tu choisis de la respecter !

Je regarde Sylvestre avec étonnement. Monsieur B, lui, installé sur l'accoudoir, près de moi, ouvre à peine la fente de ses yeux, comme si ce que mon ami venait de dire était évident et ne méritait pas d'en faire un fromage.

C'est vrai : mes amis les mots ont un pouvoir, que je soupèse avec le même soin qu'un ouvrier met à choisir le bon outil dans sa trousse. Avec ces matériaux, je bâtis des ponts entre moi et les autres. Voyant que l'élue de mon cœur en redemande, je lui construis un royaume où elle s'empresse de régner. Puis, à son regard, je vois qu'elle en veut encore. Alors, je romps la digue de ma pudeur et laisse les mots dévaler la pente, tout inonder. Je peux alors constater dans ses yeux les effets de ce courant furieux qu'elle appelait de tous ses vœux ; c'est l'ivresse des flots qu'elle accueille en ouvrant les lèvres, pas pour parler, mais pour s'y noyer, encore et encore.

En amour, la femme est bien une oreille, Sylvestre dit vrai. Elle adore se trouver dans ce monde enchanteur qu'elle s'approprie rapidement. Mais ce monde a ses limites, car il appelle la chair, mais ne la soumet pas. Le mot prépare la main, mais ne la remplace pas. Vient un moment où les actes doivent parler. Or, si j'aime charmer, il m'arrive souvent de ne pas être sûr de vouloir aller plus loin. J'aime me tremper les orteils, mais je plonge rarement. Je crois savoir pourquoi : je réserve le grand plongeon à celle qui me submergera. Cela se produit rarement. Pour Isabelle, oui. J'ai plongé.

Sylvestre interrompt ma réflexion.

— J'envie chez toi ta capacité d'écoute, Max, dit mon ami, comme pour se rattraper, me voyant perplexe. On se sent accueilli par toi; on sent ton ouverture à l'autre. Tu ne t'es jamais demandé pourquoi tout le monde se confiait à toi ?

— Oui, bien sûr. J'ai fini par me dire que j'inspire confiance, comme si un avertisseur sur mon front indiquait à tous qu'ils pouvaient parler sans danger.

— Il y a un peu de ça. Tu écoutes et ne juges pas. Ça encourage à aller plus loin. C'est tellement rare !

— Merci, Sylvestre. Tu as le talent d'embellir tes amis. Tout ce que je souhaite, à présent, c'est que ce que je viens d'apprendre sur moi, grâce à toi, me serve à mieux aimer.

— Tu me jettes à terre quand tu parles comme ça, Max. C'est tellement féminin ! Je serais incapable d'être comme ça ! Contrairement à toi, Max, je tiens au pavé uni de mon existence. Je veux en rester là. Là où rien n'arrive, que le prévisible, le connu, le sans-conséquence. J'aime la mer étale du lac où je pêche. Je suis un pêcheur écologique : je rejette toujours ma prise à l'eau. Il arrive qu'elle se débatte, mais pas longtemps. Combien ne savent pas que je leur ai ainsi sauvé la vie, car l'existence à mes côtés serait invivable. La femme est faite pour ondoyer dans le lac mouvant de l'amour. J'aime la surface de ce lac, et j'y pique une plonge à l'occasion, mais je ne vivrais jamais dans ses eaux : j'étoufferais. Toi, Max, tu es différent : tu es un amphibie !

J'éclate de rire, parce que je pressens que Sylvestre n'a pas complètement tort, même si son procédé me semble odieux et qu'il ne rend pas justice à sa sensibilité comme à sa relation actuelle. Je sais aussi que celui qui vient de parler est le tombeur. L'amant irresponsable en lui, remisé depuis quelque temps dans son tiroir, s'agite et fait un raffut de tous les diables. Il lui faudra du temps et de la patience pour apprendre à être sans paraître. Voilà pourquoi je ne suis pas scandalisé par ses propos.

— Merci, vieux. Tu es un véritable ami.

Sylvestre a cependant habilement évité un sujet délicat. Nous le savons tous les deux, puisqu'il connaît bien mes parents. Autrefois, ceux-ci aimaient que je fréquente ce prolétaire, fils d'un représentant de la masse ouvrière. À leur réaction, j'avais aussi compris qu'ils craignaient que je me fasse contaminer l'esprit par ce qu'ils percevaient comme étant la médiocrité de son environnement, si je le voyais trop souvent. Aussi m'avaient-ils poussé à suivre des cours, à m'occuper, loin de mon ami. En vain. Comme un système immunitaire a besoin d'être attaqué pour devenir plus fort, notre amitié avait résisté à tout, et s'était au contraire fortifiée.

En faisant la connaissance de mes idéologues parentaux, gardiens d'une orthodoxie incompatible avec l'attachement, Sylvestre m'avait un jour confié son désarroi :

— Comment fais-tu, Max ? Moi, je ne pourrais jamais endurer ça !

Le « ça », c'était ce corset idéologique, que je croyais alors.

— Non, je parle de leur froideur ! Comment tu fais ?

Aujourd'hui, dans ce bilan fait par mon ami, l'essentiel, ce sont bien les raisons de cette difficulté à me donner et à aimer qui ressortent, mais que nous taisons tous les deux. En nous abstenant d'en parler, celles-ci prennent toute la place. Sylvestre sait très bien que j'ai du mal à aimer parce que, tout simplement, je ne l'ai jamais appris. Alors, soit je me donne complètement, sans pudeur ni attente ou pas du tout. Il me reste à apprendre à me donner sans tout donner, à me perdre sans tout perdre.

Il y a pourtant un avantage à ce manque cruel dans mon éducation affective : ce que je ressens avec une femme, je le ressens en toutes lettres, sans frein ni filtre. Mon absence d'éducation amoureuse m'a empêché de construire un garde-fou, un brise-lames sur lequel les vagues d'émotion se fracassent. L'émotion, chaque fois, me remplit et me dévaste. Sylvestre et moi venons simplement de surfer sur cette vérité.

Je suis touché par la pudeur de mon ami. Profitant de ce moment de complicité, un sujet délicat remonte à la surface. Vais-je oser ? *Désolé, Sylvestre, j'ai besoin de savoir de quel bois ton âme se chauffe. Qui sait, je réussirai peut-être à crever cet abcès qui te fait souffrir.*

— Dis, quelque chose me brûle les lèvres. Toi qui parles des femmes comme un de ces mecs sans cœur, toi qui te moquais jadis de moi qui cherchais l'âme sœur dans Internet, tu as pourtant fini par t'y laisser prendre et par tomber amoureux. Tu as récemment trouvé Jeanne, une femme adorable, mais tu n'as pas l'air heureux. Qu'est-ce qui ne va pas ?

Je le regarde avec tendresse, pour lui montrer que mon but n'est pas de lui faire mal, mais de comprendre. Va-t-il s'ouvrir, lui qui n'aime pas confier ses affaires de cœur ? C'est précisément ce qu'il semble se demander. Son regard noir, intense, plonge dans le mien, comme lorsqu'il me poussait, enfant, faisant semblant de se chamailler, mais reprenant surtout contact par le seul toucher qu'on osait se permettre entre gars. En me poussant ainsi du regard, Sylvestre me montre qu'il lutte intérieurement avec lui-même, que je suis mieux de faire attention à ce que je vais dire et d'être sérieux dans ma démarche, sinon, gare.

Dehors, le ciel en a profité pour s'assombrir. Pour donner du temps à Sylvestre, j'allume quelques lampes, remplis le bol d'eau du chat, puis viens me rasseoir dans le salon. Je ne bouge pas, continue à soutenir son regard, et je lui souris, ce qui le décide.

Déjà, ses premiers mots m'étonnent. Ce ne sont pas ceux qu'il utilise habituellement. Il fait moins attention à sa syntaxe. Cet oubli, plus que tout le reste, m'impressionne, car il me fait comprendre que mon ami a quitté le champ des apparences pour entrer dans celui de l'authenticité. J'ai devant moi le cœur vibrant de Sylvestre, ouvert dans un de ces trop rares moments où l'on choisit de baisser la garde et de se montrer tel qu'on est, nu et faible. Même son sourire est différent! C'est celui qu'il avait, enfant: un sourire tendre, qui demande l'indulgence et m'émeut chaque fois.

— C'est pas facile, Max.

Trahissant son angoisse, sa main droite tambourine et se tortille sur la table autour de l'étiquette de sa bière qu'il a grattée et chiffonnée.

— Jeanne est peut-être l'amour de ma vie, mais je l'ai laissée tomber.

— Euh… Tu peux élaborer?

— J'étais tellement amoureux, dès notre première rencontre! Elle et moi nous étions donné rendez-vous à Longueuil sur la rue Saint-Charles, au Café Lempicka. Tu sais, cette veille maison de bois blanche *renippée* avec soin, où les jeunes aiment retrouver l'ambiance d'un chez-soi qui n'est pas chez eux. J'arrive habituellement le premier, mais elle était déjà là, au rez-de-chaussée, assise à cette table pour deux contre un mur de briques. J'ai reconnu son visage, tellement plus beau que sur la photo. Car elle m'avait vu! Elle m'avait vu et son visage rayonnait d'une émotion qu'elle ne prenait même pas la peine de masquer : son premier cadeau. Mon visage devait lui aussi être assez éloquent, car je lisais dans ses yeux qu'elle se sentait sur la même longueur d'onde. « Longueur d'onde ». Faut le dire vite, car je ne sentais aucune distance : nous étions syntonisés l'un sur l'autre. Ce soir-là, j'ai laissé tomber pour une fois mes artifices de tombeur. Je n'étais pas en mode drague. Je me sentais comme un guerrier sans armes ni armure, et j'adorais ça ! Tu comprends ?

Je hoche la tête.

— Max, je serais incapable de te raconter ce que nous nous sommes dit. Je pense avoir parlé de mon enfance dans Hochelaga, moi qui en ai un peu honte et n'en parle jamais, d'habitude. J'ai parlé de maman (madame Magloire), de toi, de ma vie d'avocat, et je me suis surpris à dire que je m'ennuyais. Je sais aussi, ça me revient, que j'ai parlé de ma vie amoureuse anémique, faite de relations minute, sans saveur ni souvenir. Je devais lui dire, tu comprends ? J'ai vite ajouté que je cherchais autre chose, je ne savais pas quoi, mais plus. Elle m'a écouté en silence.

J'imaginais bien cette femme écoutant Sylvestre et l'accueillant, laissant les voiles de l'émotion se gonfler en lui, et l'attendant sur l'autre rive, celle de l'authenticité où tant de compagnes espèrent être rejointes.

— Puis, elle m'a parlé elle aussi de ses rencontres. Elle cherchait à en diminuer l'importance, mais cette atténuation ne faisait que les faire ressortir davantage. Cette jeune femme si douce, si belle et réservée à la fois, m'a surpris en me faisant comprendre qu'elle avait conquis de nombreux cœurs avant moi. Je n'aurais pas dû être surpris : sa capacité d'accueil était irrésistible. Comme bien des femmes populaires, elle ne se glorifiait pas de ses nombreuses conquêtes, et s'en excusait presque. Pour la première fois, je me retrouvais avec mon égale, en termes de séduction, et elle était peut-être encore plus populaire que moi. Curieux renversement des rôles ! Comme tu vois, j'étais complètement perdu, sans repères. J'ai alors choisi de m'abandonner à ce sentiment si doux et fort à la fois, que je sentais pour Jeanne. Nous sommes allés chez elle. Ça a été...

Sylvestre secoue la tête en haussant les épaules, incapable de trouver les mots.

Je te comprends : il n'y a pas de mots pour décrire ça.

— Au bureau, poursuit Sylvestre, on ne me reconnaissait plus. J'ai toujours eu plein d'énergie. Mais là, je rayonnais ! Même lorsque je me suis mis à perdre quelques causes. La vie ensemble commençait à prendre forme. Nous sommes allés marcher en forêt ensemble. Nous nous retrouvions après le travail, et plus rien d'autre n'avait d'importance. J'aimais son rire lumineux, son petit képi turc ridicule, sa réserve angélique, ses lèvres accueillantes. J'étais amoureux ! C'est incroyable, non ?

En effet, j'ai du mal à le croire, mais je le sens sincère comme jamais. Quelque chose cloche cependant. Je sens que Sylvestre prépare le terrain, mais il se tait.

Aucun de nous n'est pressé de rompre ce silence. Je sens que nous touchons au nœud de l'histoire, mais que mon ami ne sait pas comment s'y prendre pour en parler. Alors, je décide de gagner du temps, de le laisser souffler.

— Ce que tu m'as dit, tantôt, sur moi, m'a fait réfléchir. As-tu déjà remarqué, Sylvestre, que quoi que nous fassions, nous finissons tous par ressembler à ce que nous sommes ?

— Je ne suis pas sûr de comprendre, Max. Je n'ai pas toute ma tête en ce moment. Peux-tu élaborer ?

Il a mordu, montrant qu'il apprécie cet intermède, alors je continue.

— Tout au long de nos rencontres, nous dévoilons de nous ce que nous voulons bien. Ces images que nous offrons à ceux que nous croisons sont des faux-semblants, des constructions. Je ne dis pas ça péjorativement, car il faut bien vivre en société; ces comportements prêts-à-porter facilitent les rapports. Ce sont des lubrifiants sociaux. Oh, on reste soi-même, mais c'est un soi qui reste sur son quant-à-soi. C'est bien normal : pour accueillir l'autre, ne faut-il pas lui faire de la place ? Sortir un peu de soi ? Beaucoup, au premier abord, pensent que je suis gêné, que j'ai peur d'exister. Un mouton au fond du troupeau. Or, c'est de la prudence, de la distance : je choisis à qui je me dévoile, c'est tout !

— Oui, tu es un bouc qui ne rue que dans l'intimité.

— C'est ça, moque-toi. Et toi, Sylvestre, grand coureur, tu sais très bien quelle image tu donnes de toi, n'est-ce pas ? Car cette image, tu la maîtrises totalement. Et c'est dommage, si tu veux mon avis, parce que tu es touchant, quand tu baisses la garde.

— Si tu penses que je vais devenir sensible et laisser la femme en moi s'ouvrir comme une fleur, tu peux toujours courir à la boutique érotique ! Tu sais, ajoute-t-il en affichant ce sourire mordant qui annonce un de ses traits d'esprit grâce auquel il tente de cacher sa sensibilité, au cours de sa vie, un homme connaîtra plusieurs femmes, mais restera fidèle à un seul club sportif. Ça doit bien vouloir dire quelque chose !

— Bof, rien, sinon que nous autres, hommes, ignorons que l'amour est un sport extrême, et que nous le pratiquons comme des amateurs.

Sylvestre recule, comme s'il venait de recevoir un coup de poing qu'il n'avait pas vu venir. Mais je ne veux pas perdre mon idée. Alors, je poursuis :

— Tu sais, ce n'est jamais facile de se dépêtrer dans le

fouillis de nos croyances sur nous-mêmes, mêlées à nos besoins, aux attentes des autres. Une chose est sûre : j'ai remarqué — pour revenir à mon propos — qu'en vieillissant, toutes ces images que nous avons façonnées, que ce soit à l'usage des autres ou pour nous illusionner sur nous-mêmes, finissent par craquer. Leur durée de vie est limitée. Au fil des rencontres, elles s'usent. Et peut-être sommes-nous fatigués de jouer, au fond. Ces masques, nous finissons par les oublier sur la table de chevet. Nous finissons par avoir moins d'énergie pour entretenir tous ces avatars.

Sylvestre sursaute, comme si je venais de mettre le doigt sur quelque point sensible, sans le savoir.

— Internet peut bien nous séduire, ajoute mon ami : on peut y être indéfiniment et sans effort celui ou celle qu'on veut.

— C'est vrai. Je connais une femme qui s'affiche sur un site de rencontres depuis dix ans. Dix ans ! J'imagine qu'Internet est pour elle comme le dernier refuge avant l'acceptation de la solitude, avant la résignation; c'est une porte qu'elle garde obstinément ouverte, même si personne ne la franchit jamais. Lorsque je regarde ce genre de fiche, j'ai l'impression d'être dans la page nécrologique d'un journal, un cimetière amoureux. Ce n'est pas une femme que je vois, c'est un espoir n'osant pas s'avouer qu'il est mort, son spectre souriant tristement dans le vide.

— Attends ! Ce n'est pas toi qui m'as dit que tu as rencontré plein de femmes intéressantes sur le Web, Max ?

— Oui, bien sûr. Contrairement à ce que certains imaginent, les sites de rencontres ne sont pas que des centres commerciaux de la baise. Je comprends malgré tout ceux qui réagissent mal face à ce marché des sentiments à ciel ouvert. L'idée qu'ils se font de l'amour, une chose qui se trouve comme un trésor au hasard des rencontres, est heurtée par cet étalage monstrueux. Tant de femmes, tant d'offres de service. Tu sais, les sites d'emploi ? Eh bien, les sites de rencontres y ressemblent beaucoup. Chacun y rédige une lettre d'introduction visant à se faire remarquer par le prochain employeur de son cœur. Si on veut en savoir plus, on peut éplucher le C.V. de leur profil, de leurs intérêts. L'abondance de concurrents incite plusieurs à s'embellir, à mentir. Mais contrairement aux sites d'emploi, on ne peut pas demander de références amoureuses aux ex-copains ! On est forcé de choisir sans pièces justificatives, sans papiers, sans preuves.

— Je ne serais pas surpris que, sur ces sites de rencontre, des consommateurs se mettent bientôt à exiger une garantie et demandent à être remboursés en cas de fin de relation, pour compenser le temps investi et les dommages moraux, tu sais.

— Tu as probablement raison. Sacré avocat, va ! Ces extrêmes ne doivent cependant pas faire oublier l'essentiel.

— L'essentiel ? C'est quoi, pour toi ?

— C'est que, peu importe la méthode, on finit toujours par trouver sa place dans ce monde.

— Tu en es sûr ?

C'était une boutade, bien sûr. Il reste silencieux. Pendant cette longue parenthèse, nous gardions tous deux en tête que Sylvestre allait cracher le morceau. En ne répondant pas à mon allusion à sa relation avec Jeanne, il m'indique que j'ai assez tiré sur la corde. La suite de ses confidences sera pour une autre fois. Cette fois-là, peut-être pourrons-nous aussi parler d'Isabelle.

L'amour défie la gravité.
Avez-vous déjà vu un amour qui ne soit que grave ?

Nous sommes au début d'une autre soirée arrosée à la maison. C'est même pour cela que nous ne sommes pas sur le balcon. Une averse entêtée d'août. Le ciel nous pissait sa morosité sur la tête ; nous sommes rentrés. À la cuisine, les coudes sur la table, Sylvestre, Francis et moi parlons doucement. Mimi dort dans sa chambre. Isabelle est chez des amies, entre filles. Tout va plutôt bien, car nous nous sommes entendus pour reporter toute discussion à plus tard. Isabelle est débordée. Ce soir, c'est la première fois qu'elle peut *lâcher sa folle*. Entre-temps, je sens quelque chose qui mûrit : une insatisfaction que je ne pourrai pas tenir longtemps sous le couvercle sans qu'il y ait des dommages. Mais ce soir, je veux oublier, profiter de la présence de ces amis qui, malgré leurs outrances juvéniles, me nourrissent de leur fidèle amitié.

* * *

Dès le début, j'ai senti que c'était le bon soir. Le volcan était mûr pour exploser. Ça se voyait aux fumerolles du regard de braise de Sylvestre ; ça se sentait à ses gestes nerveux, à la crispation de ses épaules. Mon ami accumulait l'énergie qu'il jugeait nécessaire avant de laisser éclater la vérité qui lui brûlait les lèvres. Il lui en coûtait de lâcher le morceau, et il retardait l'échéance depuis un bon moment. À présent, le prix à payer est devenu trop lourd. Sylvestre a perdu son assurance. Il doit réagir. Je le sais, et j'attends que ça sorte.

— Les gars ?

— Oui, Sylvestre ?

— Vous êtes-vous déjà trouvés *cheap* ?

— Tu veux dire, sans compter les fois où j'ai filé à l'anglaise sans donner de pourboire, après avoir constaté que je n'avais plus de monnaie ? demande Francis en souriant.

Sylvestre ne répond même pas. Le sourire de Francis rétrécit sur la peau de chagrin de son visage; il est maintenant déconfit.

— Je vois bien que ça ne va pas, Sylvestre. Si tu nous racontais tout ?

— Bof! Vous en savez déjà pas mal. L'autre jour, Max, tu m'as demandé ce qui s'était passé entre Jeanne et moi. J'ai failli te répondre, mais je n'étais pas prêt.

— Nous sommes tout ouïe, vieux, dit Francis.

— Attends! dis-je, en me levant pour me précipiter à la cuisine.

Ce soir, nous buvons du vin. La première bouteille arrivant au bout du goulot, je vais en chercher une autre : un Shiraz australien sec, râpeux, mais vaste comme les plaines arides de ce continent lointain, pour laisser toute la place aux épanchements de mon ami. Une fois les verres remplis, ce dernier commence.

— Bon. Jeanne et moi, ça marchait fort. Je sentais en moi quelque chose qui prenait de plus en plus de place. Une sorte de vague qui submergeait tout et me transformait. Au point où je ne me reconnaissais plus.

Sylvestre fait une pause pour boire une gorgée. Tout en l'écoutant, je me demande si je peux sourire à cette image sympathique. Prudent, je me contente de hocher la tête. J'ai bien fait. Comme une vague qui s'avance et masque l'horizon, cachant la vague encore plus forte qui va lui succéder, la confidence de Sylvestre n'était que le prélude à cet aveu :

— Vous comprenez, j'ai eu la chienne !

— Tu parles, si je comprends, l'interrompt Francis, mal à l'aise devant l'émotion de son ami.

Francis se lance dans un monologue revanchard, rétrograde, bilieux, à cent lieues de l'amour. Son discours est échevelé, mais en voici l'essentiel avec, d'avance, mes excuses :

— Le début de la vie à deux ressemble beaucoup, pour nous autres, les hommes, à une entrée en territoire hostile. Ce que nous disons est enregistré à jamais, et il leur sera loisible de le ressortir des mois ou des années plus tard. Dans ce jeu-là, on sort perdant ! Bref, je te comprends, vieux, d'avoir peur de t'embarquer là-dedans. Vive le célibat !

Comme un gamin ayant peur de se brûler chaque fois qu'il s'approche de la flamme, Francis a visiblement été traumatisé par une mauvaise expérience. Ce faisant, il vient aussi de montrer les limites de son empathie, car cet étalage de bile n'aide en rien notre ami. Celui-ci n'est pas démonté par l'intervention de Francis. Il s'est préparé à parler et il le fera.

— Ça n'a rien à voir avec elle, Francis, dit Sylvestre, d'un ton las. Ou plutôt si, ça a tout à voir. Dans le sens où elle était si resplendissante, si belle, si vraie… J'en étais tout retourné, complètement paniqué, car j'avais compris que Jeanne menaçait le calme paisible de ma petite existence. Le petit irresponsable profiteur en moi paniquait ! Alors, j'ai fait ce que je n'aurais jamais cru pouvoir faire, et qui me dégoûte, encore aujourd'hui : j'ai… je l'ai trompée.

— Quoi ?

— Hein ?

Francis résume son étonnement par ces mots judicieusement choisis :

— C'est tout?

— Tu n'as rien compris! lance Sylvestre, indigné. Je suis allé sur *Avatar*. Vous savez, ce monde virtuel où l'on choisit une identité, un personnage qui peut se déplacer partout, rencontrer et échanger avec toutes sortes de personnes?

— Ouais, c'est le denier chic pour les célibataires, mais ça coûte cher, non? Et je ne vois pas...

— Ça coûte cher si tu veux améliorer ton image, me coupe-t-il. Ce qui est conforme à la réalité. Seuls ceux ayant tels vêtements et habitant tel quartier ont du fric. Les femmes de ce réseau le voient tout de suite. Cela augmente notre désirabilité, je vous le dis! Mais tout ça est trivial, ajoute-t-il. Je me suis mis à fréquenter des bars. J'ai rencontré des femmes et... couché virtuellement avec elles. J'ai trompé Jeanne!

— Quoi? Mais quel intérêt de coucher virtuellement avec une femme? ne peut s'empêcher de dire Francis.

— Aucun, sinon de m'éloigner de Jeanne. Avec le temps, je suis devenu accroc. Prétextant du travail urgent, je retournais constamment dans cet univers rassurant pour draguer. Je me suis mis à espacer mes rencontres avec elle.

Sylvestre sait que son histoire est pathétique. Comme je n'ai rien dit, il me regarde, implorant mon pardon, espérant une bouée, un coup de poing, quelque chose. Je n'ai rien dit, car je suis incapable de lui lancer la première pierre. Qui suis-je pour le condamner? Mais tout de même, il avait peut-être trouvé la femme de sa vie!

— Tu as paniqué, c'est compréhensible, Sylvestre. Lui as-tu dit?

— Elle a vite senti que quelque chose clochait. Un soir, en plein restaurant (j'évitais de la rencontrer en privé, maintenant, pour éviter toute intimité), elle m'a apostrophé. «Pourquoi agis-tu ainsi, Sylvestre? Qu'est-ce que je t'ai fait pour que tu me punisses ainsi ? » Ça m'a fendu le cœur. J'allais tout lui avouer, mais elle s'est levée et elle est partie. C'était il y a deux semaines. Je ne l'ai pas revue depuis. Elle ne me rappelle pas.

Je mets ma main sur l'épaule de mon ami. Je comprends maintenant pourquoi il semblait si malheureux. Je suis tenté de lui dire de courir vers Jeanne et de tout lui avouer. C'est ce qu'il lit dans mes yeux. Je n'ai jamais vu Sylvestre dans cet état. Il a du mal à assumer son bonheur. Tel un loup à l'approche d'une tempête, il cherchait un abri où se terrer. Il en a trouvé un virtuel. Lucide, il se lève et, tout en arpentant la pièce, se met à expliquer son état à sa manière. Son intellect a besoin de reprendre le contrôle.

— Je pense que je suis dans cet état que les physiciens connaissent bien et qu'ils appellent le *plateau de résistance*. C'est une étape curieuse, inexpliquée, mais présente partout : lorsqu'une matière est soumise à une force qui en altère les propriétés, et qu'elle atteint le point de non-retour, pendant une courte période, ladite matière ne change pourtant pas, comme si elle résistait, sans cause apparente. Ainsi, l'eau, à la température à laquelle elle devrait se transformer en gaz, « résiste » une fraction de seconde.

Pauvre Sylvestre. Chaque cellule de ce qu'il est, même si elle aspire à ce bonheur qu'il a toujours recherché, s'est habituée à sa condition de célibataire sans engagement. D'où sa résistance profonde. Sait-il que plus cette habituation perdure, plus sa capacité à accueillir l'autre diminue ? Il continue :

— C'est tellement vrai que l'équilibre est atteint au prix d'un maximum de forces dissipatrices. Cette force qui tend au désordre, les physiciens l'appellent l'entropie. Chez les hommes, c'est la vie…

Sylvestre se rassoit, comme s'il venait de tout expliquer. En fait, il ne peut aller plus loin. La logique de son geste s'arrête ici, devant cette évidence que l'instinct perçoit si clairement et que la raison peine à entrevoir : Jeanne est tellement aimante qu'il en perd ses repères. Ce qui ne peut être que salutaire dans son cas !

Francis et moi gardons nos réflexions pour nous. J'ignore pourquoi, il me vient l'image que nous sommes des cailloux polis par l'expérience. Une fois lancés dans la vie, c'est l'expérience qui nous permet de flotter et de rebondir. C'est l'expérience qui a façonné Sylvestre pour la fuite en avant. Mais elle le laisse sans défense pour affronter sa plus grande terreur : le bonheur. Je sais de quoi je parle.

— Je te comprends, vieux, lui dis-je. J'ai la chienne, moi aussi. Mais tu sais quoi : les occasions de nous réchauffer le caillou sont rares. On n'a pas le droit de les laisser passer.

J'arrête là, car je vois le visage de mon ami se décomposer. Ce sont les mots qu'il attendait, mais il les reçoit telle une tonne de briques, comme une nouvelle importante, montrant bien que, pour une fois, il a ouvert une partie vulnérable, secrète.

Francis choisit son moment pour lancer :

— Tu peux bien parler, Max ! Qui es-tu pour dire aux autres de se jeter à l'eau ?

Je n'ai pas besoin de répondre. Sylvestre, se ressaisissant, l'envoie promener pour moi.

— Hé ! Ce n'est pas parce que tu es malheureux que nous devons le rester nous aussi, Francis. Tu as choisi de ne pas t'impliquer, te contentant de relations sans signification. Ça te regarde. Je ne te dis rien, même si je pense que tu perds ton temps. Alors, s'il te plaît…

Il faut que Sylvestre, ce tombeur invétéré, ait bien changé pour tenir un tel discours ! C'est d'ailleurs la surprise de l'entendre tenir ce langage qui nous cloue le bec.

Les vieilles relations sont comme des puzzles mille fois assemblés : chaque élément semble savoir où se placer pour reformer l'image unie de l'amitié. Aussi ne sommes-nous pas surpris de voir Francis recoller les morceaux qu'il a éparpillés.

— Excusez-moi. Vous avez raison.

— Tu es un con, tu sais ça ? lance Sylvestre en lui mettant la main sur l'épaule pour lui montrer qu'il n'est pas sérieux et qu'il ne lui en veut pas. Allez, les gars, ajoute-t-il. Trinquons à ce qu'il y a de plus beau en nous : aux femmes, et à celle que nous laisserons nous aimer !

J'ajoute, souriant :

— Pour le meilleur, et pour l'entropie !

À quoi on reconnaît une conjointe résignée :
elle prend son mâle en patience.

Je suis assis dans le salon avec Isabelle. Mimi est chez sa grand-mère. Le soleil bas, en cette fin de soirée de septembre, diffuse une lumière blafarde rappelant celle d'une ampoule qui va s'éteindre.

Isabelle, assise sur le canapé d'en face, est en train de lire un magazine de psychologie à la lumière d'une lampe antique sur pied, les deux pieds repliés de côté, ce qui indique qu'elle se sent bien. J'entends son petit toussotement, qu'elle traîne depuis quelque temps, puis le froissement des pages qu'elle tourne.

— Isabelle ?

— Hum ?

J'attends qu'elle lève les yeux et parle lentement, détachant les mots pour en marquer l'importance :

— Je... J'aimerais te parler.

Elle me regarde, comprenant à mon air que je suis sérieux. Une fraction de seconde, je vois la crainte déformer ses traits, alerter son regard. Elle laisse tomber son magazine et déplie ses jambes. Son visage se durcit :

— Explique. Tu en as marre ?

C'est bien Isabelle, ça : faire front, prendre la bête par les naseaux. Pendant un instant, le temps se fige et nous nous regardons dans les yeux. Elle lit dans mon regard que je suis sérieux, que j'ai cheminé. Elle baisse les yeux, le temps d'accuser le coup. Je vois, à son agitation, que les émotions se bousculent en elle. Si elle était un gars, elle crânerait, juste par bravade, pour montrer qu'elle est forte. Mais ce n'est pas un gars. Alors, je présume que c'est pour cette raison qu'elle pleure. Ce sont de petits sanglots étouffés, de ceux qu'on ne peut contrôler, qui montent et traversent nos défenses par saccades. Elle a replié ses jambes devant elle, et mis une main sur ses yeux. Ses traits se déforment, se tordent; c'est le tumulte et au moins huit à l'échelle Richter de ses épaules. Je fais mine de m'approcher. La main qui cachait son visage me barre à présent le passage.

— Non, c'est correct. Tu en as assez fait, lance-t-elle.

Bon. Les coups bas ont commencé. Il faut que ça sorte, j'imagine. Mon imagination n'a encore rien vu.

— Pour qui te prends-tu, Max Saint-Louis ?

Sa question me laisse sans voix. Pendant ce genre de scène, je ne sais jamais mes répliques. J'oublie mes marques. Je suis vraiment un piètre acteur. Et puis, c'est vraiment trop bête. Tout ce que je voulais, c'est amorcer une discussion !

— Euh, je suis le même gars que tu as rendu heureux pendant les mois qui viennent de s'écouler. J'adore ta fille, et je t'adore, toi aussi. Mais entre nous deux, les petites frustrations s'accumulent comme du chiendent et je suis fatigué de les arracher tout seul, tu vois ?

Apparemment, Isabelle ne voit pas. Tout en se raidissant sur le canapé, elle cherche des armes :

— Je fais du mieux que je peux... Tu ne fais pas assez d'efforts... Je me défonce au bureau pour vous...

Je laisse Isabelle tenter de se justifier, l'air neutre, en la regardant de temps en temps pour lui montrer que je l'écoute, qu'elle peut y aller, je ne dirai rien. Il fait de plus en plus sombre dans le salon. J'ai laissé faire, jusqu'à présent, mais mon instinct de conversation me dit qu'il est temps d'intervenir.

— Écoute. J'apprécie énormément notre relation. Mimi et toi avez changé ma vie ! Mais je sens que nous piétinons et il faudrait faire quelque chose. Peut-être sommes-nous allés trop vite ?

Je pense m'en tirer assez bien. À son tour, elle me laisse parler. Encouragé, je laisse tomber ma garde. Je devrais me méfier de son regard intense, de ses yeux qui me connaissent déjà trop bien, et qui fouillent en moi pendant que je parle.

— As-tu quelqu'un ? lance-t-elle.

J'étais au beau milieu d'une phrase. Pendant une seconde, je ne sais quoi dire. Dans ma tête, une voix que je n'entends jamais me dit clairement : « Mon vieux, cette fois tu es cuit ! »

— Non... Et ça n'a rien à voir !

— Tu as quelqu'un !

Voilà. Isabelle a trouvé son cheval de bataille, la bouée à laquelle s'accrocher : je suis un beau salaud qui lui a joué dans le dos. La vivacité avec laquelle elle se jette sur cet os pour le ronger montre que les sentiments ont horreur du vide. Il y a à peine une demi-heure, Isabelle allait bien et pensait à ses patients du lendemain. La voilà maintenant devenue une walkyrie criant vengeance.

J'ai presque honte de la ramener sur la terre ferme, mais bien banale de la réalité : le lopin de notre jeune relation produit des fruits qui me laissent sur mon appétit. Je veux avoir mon mot à dire dans le potager !

Je m'approche pour lui tenir la main, mais elle se rebiffe.

— Isabelle, il n'y a personne d'autre que toi. (Je sens enfin qu'elle se décrispe un peu.) Je ne sais pas comment te le dire, mais je pense qu'il faut envisager notre relation autrement. Je fais tout pour qu'elle soit une réussite : puisque je travaille à la maison, je fais le ménage, les courses, la vaisselle.

— Je ne t'y ai jamais obligé!

— Bien sûr que non, et je ne m'en plains pas, mais tu n'as jamais protesté non plus! Je ne sais pas. Il y a la répartition des tâches, mais ce n'est pas tout.

— Quoi? Parle!

C'est alors que la véritable raison de mon insatisfaction m'éclate au visage: je me languis de voir Isabelle heureuse! Sa capacité à être heureuse me laisse sur ma faim. Comment lui dire, trouver les mots? Devant mon silence qui se prolonge, elle se trouble. Je la sens partagée entre la colère et le désir de me sauter dans les bras.

— Écoute. Il faut revenir là-dessus, mais pour l'instant, je ne peux pas faire plus. Je suis désolé. Prenons du temps chacun de notre côté pour réfléchir, tu veux? Et tâchons de laisser Mimi en dehors de ça.

Elle hoche la tête sans grande conviction.

Je m'en vais en silence, portant en apparence le poids de l'accablement qui incombe au coupable. La bonne nouvelle, c'est que je ne me sens pas trop mal. Isabelle vient, sans le savoir, de me faciliter les choses. En se campant dans le rôle de victime, elle légitime mon rôle de bourreau. Va pour le bourreau, si c'est le costume qu'il faut que je porte pour me réapproprier mon jardin secret.

Certains aiment comme ils investissent : en préférant les placements sûrs… mais sans grand intérêt.

— Legaldez!

Monsieur Phong, tout fier, me montre son canard laqué. Au-dessus de l'étal de boucher, à l'arrière de l'épicerie, plusieurs de ses camarades sont suspendus à des crochets comme les serpentins sinistres, rouges et luisants, d'une fête d'ogres. J'ai du mal à cacher ma méfiance.

— Merci, pas aujourd'hui. Une autre fois, peut-être.

Monsieur Phong ne se laisse pas démonter. Il a dû se donner bien du mal pour trouver ces canards. Il insiste et en vante la chair tendre et savoureuse. De guerre lasse, je finis par me laisser convaincre.

— Bon, allez, je vais en prendre un.

Il sourit à pleins chicots.

— Vous content!

Mon Dieu que je peux être lâche, parfois! Il faudrait que j'aie, comme Sylvestre, la gueule de celui à qui on ne la fait pas. Dans une autre vie, peut-être…

Je marche sur le trottoir avec mon cadavre sous le bras. Comment vais-je présenter ça à Mimi? Comme tous les jours, je vais la reprendre au Centre de la petite enfance du quartier, sur Ontario. Aux mioches mignons. Ce nom me désespère. Mon esprit a tenté mille fois de raccrocher ce nom à une image positive. J'ai beau me creuser la tête, je ne déterre rien.

Heureusement, autant le nom est moche, autant la garderie elle-même est formidable. La directrice a su insuffler un esprit bon enfant aux éducatrices. Je m'en suis aperçu dès que nous avons été présentés. C'était en juillet. J'accompagnais Isabelle. J'avais bien vu, malgré son rire communicateur, que la directrice me scrutait.

En me voyant, une éducatrice, au lieu d'aller chercher Mimi, s'approche. Je sens que quelque chose ne tourne pas rond.

— Attendez ici, la directrice veut vous parler.

Je m'assois dans son bureau avec mon canard sous le bras, prêt à tout. Mes nerfs sont des ressorts comprimés, appréhendant une embrouille. Elle arrive. Une femme dans la quarantaine, l'air affairé, en contrôle, les traits un peu tirés. Elle évite mon regard, ses yeux se concentrant sur le dossier ouvert devant elle. Cela n'a duré qu'une seconde. Puis, elle se décide. Elle croise ses doigts, dépose ses avant-bras sur le dossier et me regarde dans les yeux :

— Il faudrait que je parle à la mère de Mimi. Cela fait un certain temps qu'on ne l'a pas vue.

— C'est que… elle est très occupée par son travail.

Elle me regarde de côté. Ouvre ses mains tandis qu'elle parle.

— Bon. Écoutez, je vais être franche : vous n'êtes pas le père de Mimi et je n'ai pas de signature vous autorisant à venir la chercher. (Me voyant m'agiter, elle me fait signe de la laisser finir.) Je peux fermer les yeux pendant un certain temps, mais pas éternellement. Heureusement pour vous, la grand-mère de Mimi est venue hier. Elle m'a expliqué la situation (sois bénie, mère Magloire !) et montré certains documents qui m'incitent à la patience (quels documents ?). La mère de Mimi doit venir d'ici une semaine, car nous avons des papiers à lui faire signer, notamment une autorisation pour vous, vous comprenez?

Tu parles, si je comprends. Je hoche la tête, contrit comme si j'avais fait une faute. La seule, c'est d'aimer cette enfant comme la mienne.

Tout de suite, je sens l'angoisse, comme un serpent, se réveiller et m'enserrer le cœur. Je murmure un *merci*, me lève. Derrière moi, la directrice fait un signe de tête à l'éducatrice qui part et revient avec Mimi. La petite marche lentement, avec l'assurance tranquille de celle qui se sait aimée, en sécurité. Elle tient un dessin, qu'elle me tend en souriant.

— C'est pour toi!

Je l'embrasse, puis regarde la feuille qu'elle me tend. Trois personnages: au milieu, une petite fille tient la main à un adulte souriant d'un côté, et à une géante de l'autre. Mimi, moi, sa mère. Alignés, ensemble; liés par la volonté de son petit cœur d'enfant. Je jette un coup d'œil rapide à la directrice, mais elle a tourné les talons. Celle-ci a dû demander à l'éducatrice de faire dessiner sa famille à Mimi, histoire de savoir quels sont mes liens avec cette enfant. J'ai idée que les fameux documents montrés par la mère Magloire sont peut-être aussi des dessins comme celui-là. Celui que je tiens entre mes mains est un sauf-conduit, une preuve de mon statut de père substitut. Accomplissant leur nécessaire rôle de cerbères sociaux, ces éducatrices s'inclinent devant l'amour qu'une petite a pour l'homme dans la vie de sa mère.

Une fois dehors, je me sens comme un animal venant d'échapper à un piège. J'ai l'impression que le canard, sous mon bras, se débat. Je le jette avec dégoût dans une corbeille sur le trottoir. Chez moi, l'amour est tout, sauf volatile.

— C'est quoi que tu viens de jeter, Max?

— C'est rien, mon cœur. Ça te dirait de manger au resto?

* * *

Tandis que Mimi se barbouille les joues de spaghettis, j'essaie de mettre de l'ordre dans mes idées. Depuis quelques semaines, c'est toujours moi qui vais reconduire et chercher Mimi à la garderie. Isabelle est toujours trop occupée. « C'est une passe; ça ne va pas durer », m'assurait-elle. Mais la passe perdure: Isabelle m'appelle souvent pour me dire qu'elle ne rentrera pas à temps pour souper. Même si je sais qu'elle a son cabinet dans l'ouest de la ville, l'idée de la voir loin de moi, mais surtout de sa fille, me révolte. Mais je veux être cool. Et puis, j'aime bien m'occuper de Mimi. Alors, je laisse passer.

Par un de ces enchaînements d'idées dont mon inconscient a le secret, je songe alors que la possibilité que cette adorable fillette disparaisse de ma vie m'est intolérable. Quelque part en moi, je *sais*, je *veux* savoir que Mimi est mieux avec moi, et je pressens que ma volonté farouche est mon meilleur gage de réussite. Pour justifier cette pensée, je fais appel à ma mémoire, moi qui oublie où je viens de mettre ma tasse de café. Oui, je fouille dans ce fatras afin de trouver quelque chose qui m'aide, me justifie de la garder. Puis, émerge ce souvenir d'enfance.

Je suis chez Sylvestre. Cessant de jouer avec moi parce que sa mère approche, Sylvestre lui annonce qu'un de ses copains est un enfant adopté. Qu'est-ce que ça veut dire ?

— Quand des adultes veulent aimer un enfant et l'élever, alors ils peuvent demander au gouvernement. Il garde les enfants sans parents ou quand les parents ne peuvent plus s'en occuper.

— Tu veux dire que les deux parents sont partis ?

Sylvestre ouvre grand les yeux après sa question, car son père est parti depuis longtemps.

— Oui. Moi, je suis là, alors t'en fais pas, mon ange : personne ne viendra te chercher.

Pour chasser la menace dans l'esprit de son fils, la mère Magloire lui presse la tête sur son ventre. Sylvestre se fourre le nez dans les replis de la robe ample aux fleurs imprimées qui couvre en permanence le ventre énorme, mou et chaud de sa mère. Je m'en souviens, car je l'enviais.

Sylvestre, rassuré, lève la tête vers sa mère pour éclaircir un dernier mystère.

— Ils sont pas chanceux, ces enfants : ils ont pas de maman ?

— Tu sais, mon chou, l'important, c'est d'être aimé. Pour un enfant, son parent, c'est celui qui l'aime et prend soin de lui.

Voilà, c'est ça ! Je prends soin de Mimi et l'aime… Cette pensée me tranquillise, comme si elle constituait un talisman contre le danger qui me guette. Au fait, quel danger ? J'ai raconté à Isabelle la demande de la directrice du CPE et elle a promis d'aller régulariser la situation. Pourquoi m'inquiéter ? Au fond, c'est la brèche entre Isabelle et moi qui s'élargit et qui commence à m'effrayer. J'ai peur de perdre Mimi.

— C'est bon, princesse ?

Mimi sourit de toutes ses dents de lait et babille une chanson inintelligible, où je distingue les mots *ticotico*, tandis qu'elle dodeline de la tête. Si ce n'était de l'insistance avec laquelle elle regarde les femmes, lorsqu'elles arrivent au restaurant, je croirais qu'elle est parfaitement heureuse. Arrive le dessert. La madame grecque a ajouté de la crème fouettée artificielle au Jell-O. Et, comme si cet extra lui donnait ce droit, elle caresse la tête de Mimi.

— *You have* belle fille !

— Merci ! ne puis-je m'empêcher de dire.

Je commence à prendre mon rôle de père substitut au

sérieux. Si ça continue, je ne répondrai de rien; rien d'autre que le bonheur de cette enfant.

Emporté par une inspiration subite, je fouille dans mes poches. *Ça devra aller.*

— Veux-tu m'attendre ici une minute? Je reviens.

Dans le coin du restaurant, la machine infernale semble me narguer.

Bon, c'est tout simple : il faut d'abord identifier un toutou pas trop enchevêtré, prévoir la façon dont je dois enfiler les trois doigts courbés de la pince, dégager le toutou en tirant de côté jusqu'à ce que la chaîne remonte le tout. Je revois mentalement toute l'opération. Puis, je mets ma pièce dans la fente. C'est le moment de vérité.

La machine se met en branle : j'ai vingt secondes pour mettre la pince en place. *Surtout, ne pas m'énerver.*

Je positionne la pince au-dessus de la proie que je convoite : un chaton mignon tout blanc avec un petit chapeau. Je sais que c'est ridicule, mais mon cœur tambourine comme si ma vie était en jeu. J'appuie sur le bouton qui actionne la descente de la pince. Les crocs sont bien placés. Jusqu'ici, tout va bien. Lentement, je déplace la manette de gauche à droite, afin de dégager le chaton, qui a une patte prise sous un autre toutou. L'opération réussit. Le temps est maintenant venu de remonter la prise. J'actionne le bouton. La pince remonte avec le chaton! Machiavélique, la machine reste immobile pendant trois longues secondes. Le chaton oscille dans le vide. Est-il suffisamment bien accroché pour ne pas glisser? La pince se déplace jusqu'à la fosse et relâche le chaton. Ouf!

J'allonge le bras et en retire mon trophée.

Derrière moi, Mimi exulte :

— Oh, le beau minou!

Je ne l'avais pas vue venir me rejoindre.

— Tiens, c'est pour toi.

Mimi le serre dans ses petits bras. Je comprends enfin pourquoi mon cœur battait si fort.

* * *

Mimi me tient la main. Nous marchons vers l'appartement. Voltigeant tantôt entre les feuilles mortes qui jouaient avec elle, la lumière, pâle toute la journée, vient de rendre son dernier soupir. En levant les yeux au ciel, je distingue quelques étoiles. Éparpillées comme une poignée de grains de sable lancés en l'air, elles brillent, mais n'éclairent rien. Tiens ! L'une d'elles tente de filer. Je vois alors sa trace lumineuse, l'éclair d'une liberté se désintégrant dans le vide; une traînée... La lune est un sous-verre brillant sur une nappe sombre.

Alors que j'enlève sa veste à Mimi, quelqu'un cogne avec insistance à la porte. J'ouvre, vaguement inquiet.

— Max ! Max ! J'ai quelque chose à vous montrer.

C'est Germain. Il a l'air énervé. Non, exalté.

— Quoi ? Qu'est-ce qu'il y a ?

— Il faut que vous veniez voir ça !

— Euh, c'est que j'ai Mimi; l'heure de son dodo approche...

— On n'en a pas pour longtemps. Allez, venez tous les deux. Je vous invite. Ce n'est pas loin !

Qu'est-ce qu'il a encore manigancé, cet original ? Il a piqué ma curiosité.

— Veux-tu venir, ma chérie ? On ne restera pas longtemps.

— O.K. ! dit-elle en me tendant ses petits bras.

Je comprends que c'est sa condition : elle est fatiguée. Si je la prends, ça ira.

Je n'ai jamais vu Germain aussi excité. En chemin, il m'explique que c'est Maurice qui a eu l'idée. Maurice ? Eh ben...

Nous arrivons chez notre *bouncer* local. Germain cogne, entre. La porte n'est pas verrouillée. C'est vrai qu'il faudrait être assez suicidaire pour aller tenter de voler chez ce mastodonte, que je m'attends à voir boucher un cadre de porte de sa haute stature. Il n'est pas là. Nous traversons un long couloir sombre et arrivons dans la cuisine. Germain ouvre la porte arrière. Celle-ci donne sur une passerelle débouchant sur le nid à feu. C'est ainsi qu'on appelle ces baraques d'un autre temps, couvertes de tôle, qui servaient d'entrepôt de charbon. La Ville cherche à les faire disparaître, car elles sont faites en bois, elles ont la fâcheuse tendance à s'enflammer comme des allumettes, malgré une couverture de tôle grise.

— Vous allez voir! nous assure Germain en tenant la poignée de la porte du nid. Prêts ? *Tada!*

— Ohhhhhhhhh !

Mimi a les yeux ronds comme des billes, et sa bouche est grande ouverte; elle contemple elle aussi le spectacle avec étonnement : tout autour de nous, les murs scintillent comme...

— Une discothèque ?

— Pas tout à fait ! répond Germain, qui retarde le moment de révéler ses secrets.

Tout en descendant l'escalier intérieur étroit qui craque sous nos pas, je me rends alors compte que l'appartement de Maurice, dans lequel nous sommes passés tantôt, était vidé de ses enjoliveurs...

Au rez-de-chaussée, sur la terre battue, l'effet est encore plus spectaculaire. Germain et Maurice n'ont pas lésiné sur les effets. Tout l'intérieur du bâtiment de deux étages, qu'ils ont partiellement évidé, est tapissé d'enjoliveurs. Les deux compères ont mis des ampoules un peu partout. Comme les enjoliveurs réfléchissent la lumière, celle-ci est multipliée en millions de fragments de toutes les couleurs, mais suffisamment espacés pour donner l'impression qu'il s'agit d'étoiles dans l'immensité du vide interstellaire. Les rares lucarnes ont été badigeonnées de peinture noire.

— Attendez, ce n'est pas tout, annonce Germain, qui se rend dans un coin.

Il actionne une table tournante vissée à la verticale au mur, dont une extrémité est reliée à une corde, au bout de laquelle deux enjoliveurs maintenus en place se frappent à intervalles réguliers comme des cymbales.

— Avez-vous compris ? C'est le début du monde !

Maintenant qu'il le dit, c'est vrai qu'il y a là un magma, un foisonnement informe aux proportions suffisamment grandes pour donner un vertige qui doit ressembler à celui du début de la vie. Et les cymbales figurent le big bang…

— Est-ce qu'il y a des chaises, dans le début du monde ?

Mes bras sont fatigués de tenir Mimi, qui continue de fixer cet attirail en se frottant les yeux.

— Oui, oui, bien sûr.

Germain avance un vieux fauteuil déchiré, portant la trace de milliers de derrières, où le mien s'enfonce avec satisfaction.

— La petite veut peut-être de l'eau ?

Oui, la petite veut de l'eau, mais un bâillement signale que la fin du monde est proche.

Germain revient avec un verre que Mimi ne touche pas. Elle vient de s'endormir dans mes bras.

— Germain, je vais y aller. Mais avant, dites-moi : pourquoi ?

La question semble le réjouir. Après avoir vidé le verre d'un trait, il répond.

— Votre ami Maurice est un créateur qui s'ignore, vous savez ! C'est lui qui a eu l'idée, alors que je lui lisais un poème au bar. C'est encore lui qui m'a dit de venir voir ses enjoliveurs ; il avait une idée dont il m'a fait part. Lorsque je les ai vus, c'est mon imagination qui a pris feu! J'ai simplement ajouté des ampoules ici et là, et installé cet accompagnement sonore. Il m'a aussi donné la permission de venir quand je voudrais pour y écrire mes vers. C'est un endroit inspirant, vous ne trouvez pas?

Je me lève en hochant la tête, tout en songeant: Maurice, un créateur? Malgré toute ma bonne volonté, je ne parviens pas à accoler ces deux mots. Pour l'heure, j'ai d'autres chatons à fouetter, mais je me promets bien de revenir sur ce mystère dès que je reverrai Maurice.

— Vous savez, ce n'est pas encore fini! continue Germain, histoire de piquer davantage ma curiosité.

Je me doute que le cerveau bouillonnant de Germain fera naître des miracles de cet assemblage hétéroclite. Mais en attendant, la vie reprend ses droits. Je vais recoucher Mimi dont la tête endormie, qui ballotte sur mon épaule, est remplie d'étoiles.

* * *

Ça m'a pris une semaine, mais j'ai pu me libérer. Depuis ma visite dans l'enjolivarium de mes deux compères (c'est le nom trouvé par Germain pour ce planétarium maison), je brûle d'impatience de parler à Maurice.

De la même manière qu'on reconnaît immédiatement le profil caractéristique des collines montérégiennes à l'horizon, de même, à l'entrée clinquante et bruyante du cabaret Les Zones, j'ai reconnu de loin le dos énorme de notre surprenant *bouncer*, en faction.

— Maurice?

La montagne de muscles se retourne, me sourit et me tend immédiatement son flanc velu.

— Salut, Max! Comment tu vas?

— Bien, je te remercie.

— Et ta… ta fille ?

— Bien. C'est gentil de t'en informer.

Tandis que nous parlons, des habitués entrent, qu'il salue. Je me rends compte tout à coup que je ne connais rien de lui. A-t-il une petite amie ? À quoi s'intéresse-t-il ? Lors de nos rencontres, il restait muet, se contentant de rigoler à nos blagues, en retrait. Si bien qu'on a fini par l'y laisser et l'oublier. Nous rappelant sa présence uniquement lorsqu'il faut de gros bras. Cette constatation me peine.

— Maurice, je veux d'abord te féliciter. Ce que tu as créé est original ; je n'ai jamais rien de vu de pareil. Qu'est-ce qui t'en a donné l'idée ?

Maurice hoche la tête et sourit, l'air de dire qu'il comprend mon étonnement. Il veut bien s'expliquer, mais son embarras est palpable.

— Ben, c'est Sandra…

— Sandra ?

— Oui, une danseuse du Bas-du-Fleuve, arrivée depuis quelques semaines. En discutant, un soir, en attendant son tour sur le *stage*, elle m'a dit : « C'est beau, les étoiles, hein ? Moi, quand je les regarde, je redeviens une petite fille. J'oublie tout… » Quand elle m'a dit ça, il y a eu un déclic dans mon cerveau.

Touchant Maurice… Bien plus que ses paroles, son air gêné me fait comprendre que ces étoiles, ce sont celles qu'il voit lorsqu'il est avec cette Sandra. Je ne peux retenir un sourire indulgent, celui par lequel on signale à un proche qui tourne autour du pot qu'on a tout compris et qu'on compatit. Le voyant, il rougit. Je donne alors à ce gros ours ce qui, entre hommes, se rapproche le plus de l'étreinte : un coup de poing symbolique à l'épaule.

— Sacré gros nounours !

— Hi ! Hi !

— Alors, c'est sérieux, dis donc !

Maurice hoche la tête en la baissant, comme on le faisait à l'église lorsque les cloches sonnaient. Avec, en plus, un sourire aussi large que la vallée du Richelieu. Sa façon candide de me montrer la force tranquille de ses sentiments m'émeut. Mais une fois qu'on a communié, et bien avalé le mystère, la vie continue.

— Tes enjoliveurs, tu ne t'en ennuieras pas ?

— Tu veux rire ! C'est fini, pour moi. J'ai trouvé mieux. Beaucoup mieux ! Allez, à plus ! Je dois y aller !

Maurice entre dans l'établissement, emportant avec lui sa montagne d'espoirs, illuminée par une étoile du Bas-du-Fleuve.

Mes amis m'assemblent.

Je viens de croiser les sœurs Théberge. Pendant le temps chaud, elles sont toujours vissées à leur balcon où elles rigolent, jasent, échangent avec le voisin d'en face, tout en prenant une bière de la caisse qu'elles ont toujours à leurs pieds.

Je serais bien en peine de les décrire, tellement elles font corps avec le paysage, si on peut appeler ainsi le mur de briques qui leur sert de fond de scène, le balcon ceinturé d'une jupe douteuse, presque à la hauteur du trottoir. Les sœurs Théberge jouent chaque jour la même représentation, faite de rires, de plaintes, d'échanges de nouvelles avec le voisin d'en face, de l'autre côté de la rue. C'est peut-être le rite qu'elles se sont donné pour faire passer le temps en douce. Peu importe. Quand je les entends, c'est comme si c'était un à zéro contre le désespoir.

Tandis que je me fais cette réflexion en retournant chez moi, à un coin de rue de là, je vois Godin, le pire soûlard du coin, sortir de l'épicerie Phong avec un sac froissé, serrant le goulot d'une bouteille. Tout le monde connaît Godin, un vieux garçon, ancien homme à tout faire devenu bénéficiaire de la sécurité du revenu, qui survit en faisant de petites jobines. Les plus vieux, la mémoire du quartier, peuvent encore dire qui étaient son père et sa mère. Lorsque j'étais petit, Godin livrait l'épicerie à la maison. Il a aujourd'hui cinquante ans, à vue d'œil; cinquante années de douleur, de soif et d'émotions qui marinent dans ce corps maigre, aux vêtements débraillés et aux yeux exorbités, comme s'ils venaient de voir un spectre : lui-même.

Godin ne fait que passer. Il a bien assez de jouer son rôle, qui lui prend tout son temps et l'avalera jusqu'à la dernière goutte.

Godin sort avec précaution, s'appuyant au chambranle de la porte de l'épicerie, en marin habitué à affronter la mer déchaînée. Il fait quelques pas, puis une vague plus forte le fait tomber. Il se cogne la tête sur le trottoir. À trois mètres de lui, épouvanté, je sens la vibration du choc dans le béton sous mes pieds. Je m'approche.

— Est-ce que ça va ?

Imperturbable, il se relève en marmonnant. Apparemment indemne. Enfin, pas plus poqué qu'avant.

— Restez assis, je vais appeler une ambulance.

— Non !

Il me regarde avec colère. Je lui prends le bras, mais il se dégage.

— Criss ! Laisse-moé, Saint-Louis !

Godin a sa dignité. Il veut se rendre seul dans la maison de chambre où il habite, tout près de l'épicerie. Je le suis à distance. C'est avec soulagement que je le vois arriver à bon port. Tout à coup, je me rends compte que Godin m'a appelé par mon nom. Je me sens curieusement réconforté par le fait d'avoir été nommé, donc reconnu par ce résidant comme un des leurs. Un gars de la place. Je suis bel et bien chez moi.

*   *   *

Les jours passent. J'ai rappelé la mise en garde de la directrice du CPE à Isabelle. Chaque fois que je lui en parle, elle me répond qu'il reste du temps. En fait, il reste deux jours. Fait-elle exprès ? Attend-elle de décider ce qu'il adviendra de nous deux ?

— Oups ! Excusez-moi !

L'esprit ailleurs, je ne regardais pas où je mettais les pieds. Je viens de heurter quelqu'un.

Je ne suis pas dans mon assiette ni même dans ma cuisine. Je suis perdu. Il est temps de demander de l'aide.

*   *   *

— Wow ! Germain, c'est magnifique chez vous !

— Merci, merci !

Mon exclamation est sincère. Vous devriez voir ça : la première chose qui nous frappe, en entrant, c'est la beauté désuète des lieux. Des tentures sombres, des meubles de bois travaillé, et surtout, partout, des tableaux, des sculptures…

— On se croirait au château Dufresne ! Pardonnez ma question, mais comment avez-vous pu acquérir toutes ces merveilles ?

La question le fait sourire, de ce sourire qui veut dire : « Hé ! Hé ! Je suis un petit malin, moi ! » Sa réponse me surprend.

— Ce n'est pas sorcier. Vous avez raison, je ne suis pas millionnaire ! Toutes ces trouvailles, je les ai dégotées au cours des trente dernières années au prix de recherches patientes et minutieuses dans le coin. On m'appelle, j'achète, je revends en me faisant un peu de sous.

— Quoi ? Ici, dans Hochelaga ? Vraiment ?

Mon scepticisme ne l'étonne pas.

— Oui, évidemment : lorsqu'on pense au quartier, on ne pense pas au luxe et à la beauté artistique.

Germain fronce les sourcils en le disant, comme s'il voulait extirper une écharde. Il s'anime et brandit le doigt, pour souligner l'importance de ce qu'il va dire :

— C'est précisément pourquoi ça m'a été si facile ! Vous savez, Max, la beauté est partout où on sait la voir ! lance-t-il, avec son assurance habituelle.

Puis, sans transition :

— Dites-moi, Max, que pensez-vous de *la Joconde* ?

Germain sait que je connais bien cette œuvre de Leonardo (pas DiCaprio, l'autre), car nous en avons déjà parlé ensemble. Tout, et son contraire, a été dit sur cette œuvre mythique. Sans doute pour préparer le terrain, Germain résume notre pensée commune en faisant les cent pas dans le salon, le regard perdu, une main dans le dos, sa voix chaude donnant encore plus de relief à son propos.

— Le talent artistique de ce génie de la Renaissance s'exprime dans cette œuvre avec une palette unique, n'est-ce pas ? Sur la toile, les traces de coups de pinceau sont absentes, même lorsqu'on essaie de les trouver avec les outils électroniques sophistiqués d'aujourd'hui ! Cette prouesse technique ne serait pourtant rien sans le souffle de vie qui anime son personnage. *La Joconde*, on le sait aujourd'hui, allait enfanter ou venait de le faire. La béatitude de cette mère illumine le tableau. Il émane d'elle la même attirance invincible que nous éprouvons en face d'une nouvelle vie. Voilà en partie sans doute ce qui explique l'attrait universel dont jouit cette œuvre depuis sa première exposition.

Où veut-il en venir ? Veut-il arriver quelque part ou se perd-il dans des élucubrations savantes ?

— Pour ma part, vous le savez, Germain, j'aime ce tableau.

C'est vrai ; je l'aime comme on aime une femme aimée et vénérée de tous, avec la pointe de regret que cet attrait soit si universel. On est toujours un peu jaloux de ce qu'on aime, et on le voudrait pour soi seul !

— Maintenant, dites-moi, mon jeune ami : imaginez que *la Joconde* soit inconnue, et croupisse dans un bric-à-brac. Serait-elle remarquée, à votre avis ?

Je comprends maintenant où il veut en venir. Chez les intellectuels, le débat fait rage depuis longtemps. Certains affirment que la valeur d'une œuvre n'est pas limitée à l'original. À leurs yeux, les reproductions ont autant de valeur artistique. Ce point de vue est évidemment perçu comme une hérésie par les puristes.

— Écoutez, Germain, je ne suis pas un expert. Tout ce que je sais, c'est que lorsque je me procure une reproduction d'une œuvre de Rodin, de Klimt, de Monet, d'Alfred Pellan ou d'un autre, j'ai l'impression de posséder une partie de la beauté du monde, et de devenir plus beau moi-même.

— Superbe. Magnifique. Mais à côté de la question. Quand vous achetez un CD audio de Marc Déry ou d'Ariane Moffat, avez-vous encore l'impression d'acquérir une reproduction ?

— Euh…

Germain a un bon point.

— Le CD audio importe peu : ce n'est que le matériau qui sert d'écrin à l'œuvre d'art. Et ce qu'on attend d'elle, c'est une émotion.

— Ah ! Ha ! s'écrie-t-il. Voilà; c'est ça : *l'émotion*. C'est là où je voulais en venir. Toute la vérité de l'art est là : dans la qualité de l'émotion suscitée par un tableau, une chanson, une sculpture, un écrit… Suivant cette logique, *la Joconde* de mon exemple devrait être trouvée aussi géniale, qu'elle soit au Louvre ou dans un marché aux puces. Or, le bon sens nous commande qu'il n'en soit rien, n'est-ce pas ?

Germain a raison encore plus qu'il le pense. De tels essais ont été faits par des psychologues. On sait maintenant qu'une partie de ce qui fait l'attrait des productions artistiques majeures tient à leur renommée, à leur valeur marchande, à cette aura qui les nimbe et qui exalte l'émotion propre à l'œuvre. L'inverse est aussi vrai et a été amplement démontré : l'anonymat n'est pas une garantie de nullité artistique. Combien d'œuvres ont été découvertes après la mort de l'artiste ?

Je reste impressionné par sa récolte, que je parcours des yeux avec le même émerveillement qu'un enfant dans un magasin de bonbons. Tant de beauté, conservée en secret par cet olibrius, pianiste dans un bar miteux de la rue Ontario; avouez qu'il y a de quoi avoir le vertige. C'est alors que je remarque, dans le salon, posée sur une petite table à côté du piano et faisant face à la fenêtre, une sculpture qui me sidère. À peine trente-cinq centimètres de bronze poli, mordoré. Un homme presque nu, tourné vers... vers quoi ?

— Vous permettez, Germain ? dis-je en m'approchant pour mieux l'observer.

— Faites, faites !

L'homme a les cheveux et la barbe courts et crépus. Détail qui m'intrigue, il porte une menotte au poignet gauche. Son avant-bras gauche repose sur son genou, tandis que sa main droite, sans menotte, s'appuie derrière lui sur une branche verticale émanant du tronc où il est assis. Je dis *assis*, mais rien n'est moins sûr, car sa jambe droite est repliée vers l'intérieur, reposant sur la pointe du pied, comme s'il s'apprêtait à se lever. À l'opposé, sa jambe gauche est détendue, projetée vers l'avant, et le talon, fermement appuyé au sol. C'est la jambe de quelqu'un au repos. Il est à la fois en train de se lever et de s'asseoir ! J'en demande l'explication à Germain.

— C'est un procédé fréquent, en sculpture. Le célèbre *Moïse*, de Michel-Ange, qui détient les Tables de la Loi sur lesquelles sont gravés les dix commandements, regarde ailleurs et semble en voie d'échapper son précieux colis. C'est cette apparence de mouvement qui brise l'immobilité de la pierre. Notre cerveau voit le geste et cherche à le compléter.

Voilà donc ce qui donne cette impression de mouvement dans la sculpture que j'ai sous les yeux ! Me voyant rivé sur elle, Germain, bon prince, continue son cours.

— Mettez votre main devant vous et masquez le côté droit de la sculpture.

Lorsque je m'exécute, tout s'éclaire. Du côté gauche, je vois un homme interpellé par quelque chose et se levant pour y faire face. Son air renfrogné renforce l'impression qu'il s'agit d'une menace ou de quelque chose de déplaisant. Puis, masquant le côté gauche, je vois au contraire un homme au repos. Comme pour confirmer cette ligne de démarcation, la menotte de sa main gauche trace, au centre, une ligne verticale imaginaire qui départage les deux facettes de ce personnage : deux moments différents emprisonnés en un seul corps.

Voyant ma main se poser sur la menotte et mon regard rêveur, Germain m'explique à sa façon le génie du sculpteur anonyme qui a façonné cette pièce :

— La menotte, symbole de la servitude de l'homme, exerce la même tension sur le poignet qu'elle comprime, que le temps sur l'homme qu'elle opprime. L'absence de menotte dans la main droite signifie que nous pouvons nous libérer de cet asservissement, bien que jamais complètement.

Je sens que Germain pourrait continuer longtemps de démonter les rouages que cette sculpture abrite. La mécanique de sa conception est un moteur à deux temps, soit. Mais le souffle qui l'anime et s'en dégage est d'un autre niveau, ce que mon mentor me confirme :

— Cette sculpture illustre une fois de plus l'adage qui veut que les propriétés d'une somme soient plus grandes, et différentes, de celles de chacune de ses parties. Ce principe permet d'expliquer une foule de phénomènes, vous savez.

— Quoi ? Pitié, expliquez-moi simplement, Germain !

— Bien sûr ! Tenez, prenez un homme, une femme et mettez-les ensemble. Vous aurez alors un couple, dont les propriétés sont différentes de celles de chacune de ses parties. Le couple, on l'oublie souvent, n'est pas que la somme de chacun de ses membres; c'est une entité avec ses propres besoins !

— Hum ! Merci, Germain. Je vais y réfléchir.

L'exposé de Germain est brillant et sa simplicité, renversante. Je sens que ses implications sont autrement plus importantes, et qu'il ne me dit pas tout. Tant mieux, car c'est tout ce que je peux endurer pour aujourd'hui. Du reste, je préfère revenir à mon homme de bronze. Je le regarde attentivement.

Je comprends maintenant que j'ai devant moi la représentation de la condition humaine. La liberté que cet homme vient d'acquérir ne l'habite pas encore; il aspire à la paix et au repos, mais reste aux aguets. J'ai devant moi l'homme dans toute sa noblesse et sa fragilité : comme si *le Penseur* de Rodin venait de sortir de sa torpeur et de prendre conscience du monde autour de lui; comme s'il s'apprêtait, peut-être, à devenir l'acteur de sa propre vie. Je me mets tout à coup à m'agiter.

— Mon dieu, je ne vous savais pas si sensible, Max ! dit Germain en me mettant une main sur l'épaule.

Cette sculpture est magnifique, mais ce n'est pas elle qui me fait cet effet. Comment dire à Germain que je viens de reconnaître, dans l'indécision de cet homme de bronze, le dilemme lancinant qui m'habite ? D'un côté, l'envie irrésistible de trouver l'âme sœur, de l'autre, celle de rester dans le connu, le prévisible : jadis, je faisais tout pour me faire aimer de mes parents idéologues. Aujourd'hui, j'ai du mal à m'affirmer. C'est pour crever cet abcès que j'ai quitté Mercier. Pour me permettre de changer de peau, de personnage, afin de tenter de me refaire un cœur. Ce qui me fait grimacer, c'est la frustration de découvrir qu'en offrant à Isabelle la passerelle dont elle avait besoin, je me suis oublié. Je ne suis pas resté vigilant comme l'homme de la statue. Il est temps de corriger cette erreur.

— Merci, Germain. C'est magnifique, chez vous. Est-ce que je pourrai revenir ?

— Je ne laisse pas entrer n'importe qui, mais pourvu que je puisse compter sur votre discrétion, vous pouvez revenir quand bon vous semble, Max. La prochaine fois, je vous garderai à souper et je vous ferai goûter ma pizza aux patates !

— Votre quoi ?

Germain est un homme surprenant, plein de ressources. Je me demande bien de quoi peut avoir l'air sa pizza. Je sais qu'il a dit ça précisément pour s'assurer que je revienne. Mais il sait aussi que mon propre tubercule est en piteux état, et que j'ai besoin de temps pour le remettre d'aplomb.

— Merci. Je ne m'étais pas trompé sur votre compte : vous êtes un ami.

Je viens de lui faire plaisir. Il esquisse un faible sourire. La porte se referme. Derrière lui, un homme de bronze semble me regarder partir, songeur.

L'indécision est souvent la meilleure décision.

Sylvestre et moi marchons depuis un bon moment. Mimi est aujourd'hui chez sa grand-mère. Je suis libre ! Après être sorti de chez Germain, j'ai eu le besoin pressant de parler à un ami. Il partait marcher sur l'île Sainte-Hélène. Je me suis joint à lui. Le sentier que nous empruntons serpente entre les bouquets d'érables et de sapins. Peu fréquenté, il est à peine visible. C'est pourquoi il me plaît. J'y surprends parfois des gélinottes, des perdrix, une fois, même, un renard, encore plus étonné que moi de voir un grand escogriffe affublé d'un sac à dos. Ma présence a en effet de quoi surprendre, car je ne viens presque plus ici.

Arrivant près d'un ruisseau, nous faisons une pause. Tout en buvant notre eau et en grignotant des noix, nous causons, assis sur un rocher qu'un glacier a déposé en retraitant vers le nord, voilà dix mille ans. Deux insectes posés sur un caillou qui causent en se chauffant au soleil avant de s'envoler, voilà ce que nous sommes. Faut m'excuser : aller dans les boisés me rend pensif. Surtout en ce moment, alors que la nature se dépouille et s'assoupit tout doucement. Faire la vaisselle me fait le même effet. Les mains plongées dans l'eau, je décrasse mes pensées et les fais reluire. Puis, je les remets en place dans l'armoire.

Marcher laisse du temps pour méditer. Mais avant de parvenir à cet état, il faut le temps de se purger du quotidien.

Oui, vous savez bien : tout ce fatras de pensées, de préoccupations qui nous paraissent si importantes, mais qui sont tellement secondaires. Il me faut habituellement… Attendez… En fait, je ne sais pas exactement combien de pas. Je sais seulement qu'après un certain temps, j'oublie précisément le temps. Je perds la notion de la durée. Je me perds. Je peux alors mieux écouter ce que le vent a à me dire. En ce moment, tiens, j'entends un de ces oiseaux dont j'ai honte de ne pouvoir vous révéler le nom. Son chant ressemble à un do si la, la, la qui s'étire. Une amie m'a déjà dit que c'est un bruant des bois ou quelque chose comme ça. Le plus important, c'est que cet oiseau chante et que je suis, ici et maintenant, dans son monde. Alors, je l'écoute. Son appel m'inspire une pensée qui siffle dans mes oreilles depuis quelque temps. Sylvestre est un bon cobaye pour tester cette idée.

— On aime souvent à la périphérie de soi-même, tu ne trouves pas, vieux ?

— Pardon ? dit-il entre deux bouchées de noix, interloqué par cette pensée qui, dans cet environnement, détonne autant qu'un musée en pleine mer.

— Notre existence est faite d'habitudes : se lever, s'habiller, se brosser les dents, manger, partir travailler, échanger avec nos collègues, revenir, manger, lire, sortir, dormir. Le long de ce parcours familier, nos habitudes sont autant de bornes qui nous rassurent, un peu comme les indications le long d'un sentier pédestre en forêt, tiens. Rencontrer un grand amour est une aventure hors de ce sentier battu. C'est quitter la route pour s'aventurer dans une zone sans repères. Mais on s'y aventure quand même. Parce que notre cœur sommeillant a bien besoin de battre. Aimer, c'est quitter notre enclos ; c'est quitter les parties familières de soi que l'on revisite si facilement. D'où il ressort qu'en acceptant d'être loin de soi, on peut à la fois accueillir l'autre et, paradoxalement, devenir pleinement soi. Qu'en dis-tu ?

Pendant que je bois une gorgée d'eau, Sylvestre me regarde d'un air las :

— Hum ! J'en dis que tu y as songé à celle-là. Mais il fait trop beau, Max. Je sens bien qu'il y a quelque chose de vrai dans ce que tu dis. Je vais y penser, laisse-t-il tomber en se redressant pour continuer à marcher, sachant qu'il n'en fera rien, et que notre amitié le dispense de le cacher.

Sylvestre traîne encore son échec amoureux avec Jeanne. Il est comme un serpent en train de muer. Son ancienne peau n'est pas encore disparue, mais il y travaille lentement. Je n'insiste pas.

— C'est ça : tu m'enverras une carte postale !

— Petit comique…

Nous reprenons notre place dans le sentier. Là-haut, deux oiseaux s'échangent des bêtises. À moins que ce soit leur façon de parler. Sylvestre s'arrête.

— Au fait, dit-il négligemment, j'ai rappelé Jeanne. Nous… Nous allons nous voir la semaine prochaine.

Je regarde mon ami. Il est tendu, mais ne peut s'empêcher de sourire, soulagé comme lorsqu'on retrouve par hasard un objet cher que l'on croyait avoir perdu pour toujours.

Tuer le temps : de la légitime défense !

Le délai de la directrice du service de garde se termine demain. Je ne devrais pas être stressé, mais je le suis quand même. L'anxiété de ne pas contrôler ce qui va arriver; le pressentiment aussi qu'il y a quelque chose de menaçant. Comme si Isabelle voulait me punir depuis que je lui ai fait part de mon insatisfaction. Je ne veux pourtant pas tout jeter par-dessus bord !

Ce soir, tandis que je travaille à l'ordi et que Mimi dort, le téléphone résonne. Au bout du fil, une voix féminine. Que dit-elle ? Je ne comprends rien, mais le sang me monte au visage. Je ne me rappelle que ces deux mots, qui pulvérisent des années d'attente tout en éclatant à mes oreilles comme un feu d'artifice :

— Bonjour, Max !

— Oui ?

— C'est moi, Annie !

— Ah ben, saint si croche de batinsse...

Un éclat de rire familier confirme à mes neurones gelés que c'est bien elle. Et-ce la Terre qui tremble sous mes pieds ? Ou est-ce la tête qui commence à me tourner ?

Annie m'explique qu'elle a eu mon numéro par un ami commun, mais j'ai du mal à suivre. Un brouillard épais m'obscurcit le cerveau : le soupir énorme et lourd d'un monde qui s'évanouit. Rien n'entre plus. Du moins jusqu'à ce que j'entende ces mots :

— On peut se voir demain ?

॥   ※   ※

Dans le parc Lafontaine, sous un soleil automnal oblique, les feuilles s'amoncellent, moins colorées encore que mes souvenirs. Des écureuils obstinés enterrent la bouffe qu'ils entreposent pour l'hiver. J'ai donné rendez-vous à Annie sur ce banc posé près d'une enfilade de peupliers géants. En l'attendant, je les regarde, cherchant dans leur exemple un appui pour enraciner cette pensée dans le réel : je vais, après tant d'années, revoir Annie !

Après avoir confié de nouveau Mimi à sa grand-mère, je suis arrivé le premier en me retenant pour ne pas courir, fendu d'un sourire crispé, impossible à contenir.

Arrête de t'énerver, calme-toi !

La voilà ! Elle me sourit de loin, s'approche. C'est fou comme on peut faire d'observations en une fraction de seconde.

D'abord, l'évidence : Annie n'est plus une petite fille. J'ai du mal à retrouver la fillette fluette qu'elle était dans ce corps altier qui arrive à ma hauteur. Les cheveux, roux jadis, sont plus foncés, et les taches de rousseur se sont clairsemées. Ne me demandez pas comment elle est habillée : cela est bleu et ondoie. De toute façon, je ne vois que ses yeux, allumés comme autrefois, pétillants. *Mon Annie.* Je me lève. Nous sommes face à face. Plus près que nous ne l'avons jamais été, il me semble.

— Bonjour, Max ! me dit-elle en m'ouvrant ses bras.

Je me précipite, lui donnant un baiser sur la joue. Réalisant tout à coup que je lui retourne, à plus de vingt ans d'intervalle, celui qu'elle m'avait donné dans le corridor de l'école, à la Saint-Valentin.

— Annie ! Wow ! Comme tu es belle !

Je jurerais avoir déjà eu un cerveau, mais il a bel et bien disparu sans laisser de traces.

Nous nous assoyons.

— C'est bon de te revoir, Annie !

— Oui, c'est bon. Mon Dieu, tu n'as pas changé, Max. Tu as le même sourire enfantin. C'est fou !

Son étonnement agrandit encore ses yeux, comme si elle faisait exprès pour me faire admirer ses miroitantes billes bleues, tandis que le galbe de ses sourcils se soulève comme une poitrine qui respire. Ouf !

Nous échangeons des banalités, remplissant le vide des années depuis l'enfance avec les jalons habituels : école, déménagement, université, travail. Même nos amours se déroulent, entrecoupés de fous rires. Je lui parle même d'Isabelle. Elle écoute, souriante, muette, les yeux baissés.

— Elle est entrée dans ma vie comme une météorite il y a quelques mois à peine, avec sa fille Mimi, une gamine adorable. J'ai encore un peu de mal à m'habituer à cette vie, mais en gros, ça va.

Telle une colline qui semble proche, mais reste éloignée, j'ai beau me rapprocher d'Annie, je sens qu'elle reste en retrait, malgré sa bonne humeur. Tant pis. Depuis que je l'ai revue, une vague monte en moi, qui veut se déverser. Alors que je me prépare à me libérer d'un poids qui croupit au fond de ma cale amoureuse depuis plus de deux décennies, alors que j'aspire pour parler, Annie me fait un signe de la main pour m'interrompre.

— J'ai quelque chose à te dire, Max. Je vais me marier.

Elle le dit en souriant, bien sûr.

L'Arctique vient de changer de pôle, mais je fais un effort surhumain pour sourire. Jadis, c'est elle qui m'attendait patiemment. Au moment précis où tout en moi exulte, me voilà à mon tour condamné au silence. Annie est de retour dans ma vie... Mais elle est promise à un autre... Cela ressemble à un scénario de mauvais film. Je me sens comme si j'étais le négatif de ma propre existence, et que je regardais Annie de l'autre côté de cette pellicule qui nous sépare depuis toujours. Après un moment de stupeur, tout ce que je réussis à dire, c'est :

— Mais alors, pourquoi ?

Pourquoi me faire signe, Annie, si c'est pour me dire au revoir ?

Elle regarde au sol et hausse les épaules, avec un sourire embarrassé.

— Je... voulais te revoir, me dit-elle en me fixant.

Dans son regard, je lis avec surprise le miroir de ma propre indécision enfantine : tout s'y exprime, y compris la crainte que ce cadeau ne soit pas partagé ou accepté.

— Il faut que je sache, tu comprends ?

Annie s'approche. Je suis trop surpris pour réagir. Ce n'est plus un baiser furtif sur la joue, cette fois. Sur mes lèvres étonnées, cela a la solennité d'un serment, la fougue d'une émotion longtemps contenue et la proximité d'une confidence. Mais surtout, cela a la densité même du bonheur : une concentration d'émotions extraordinaires, baignées dans le suc délectable de la volupté. Le baiser d'une vie.

Tout ce que j'aspire à être se réveille alors pour rencontrer cet ourlet alangui qui, langoureusement, s'écarte afin de mieux accueillir ma réponse, une exclamation que je laisse en suspension...

J'ignore combien de temps ce baiser a duré. En fait, même si Annie vient de partir, il n'est pas encore terminé. Il dure encore, m'habite et me transporte. Après cette effusion étourdissante, elle m'a chuchoté « merci » à l'oreille et s'en est allée, se retournant brièvement, songeuse; me laissant sonné pour le compte.

Ma coupe est pleine :
Je la renverserai, l'étalerai, me répandrai

Le lendemain, je suis encore ébranlé. Comme des répliques font vibrer le sol longtemps après une forte secousse, mon corps entier résonne de l'émotion suscitée par le retour d'Annie dans ma vie. Je marche, mais c'est un geste machinal, sans intérêt. Je suis ailleurs. Je ne sais pas où. Annie a ressurgi à la façon d'un continent souterrain cherchant à refaire surface. Exerçant une formidable pression sur l'étendue poreuse de ma raison.

Je chemine depuis une heure sans savoir où je vais. Je me rends compte que j'ai dépassé l'appartement de la mère Magloire où j'ai laissé Mimi, et que je me dirige chez moi. Comme pour me réfugier dans le connu, le sûr. Mais rien n'est sûr. Je rebrousse chemin.

* * *

Mimi me trouve bien distrait ce soir.

— T'es drôle, Max ! On dirait que t'as vu un fantôme !

— Excuse-moi, ma chérie.

M'occuper de Mimi me réconforte. Je m'applique à répéter les gestes rituels dont elle a besoin pour se rassurer : *le monde est stable, et je peux m'endormir tranquille.* M'occuper d'elle me dispense de moi, ce qui est une aubaine. Il n'y a rien comme un enfant pour empêcher de sombrer dans le néant de son nombrilisme. Un enfant vous ramène à l'immédiat, au concret, et vous rappelle que la vie est là qui ne peut attendre. Mais à présent qu'elle dort, des monstres vont se réveiller.

Isabelle arrive enfin. Fatiguée. Elle entrebâille la porte de la chambre et va embrasser Mimi, puis revient.

— Je vais prendre une douche. Ne m'attends pas.

Je me déshabille, courbaturé d'émotions. Dès que je dépose ma tête sur l'oreiller, je m'endors. Cette nuit-là, je fais un drôle de rêve.

Des gens vont et viennent, au ralenti. Puis, un éclair aveuglant. Je lève la tête et aperçois, en plein sur le stade olympique, un champignon gigantesque : une explosion atomique ! Un vent brûlant, d'une violence inouïe, balaie tout le quartier et le rase, emportant maisons et immeubles, faisant fondre l'asphalte. Chose étrange, les gens restent, comme moi, intacts. Ils assistent, immobiles, à ce spectacle dantesque. Hochelaga n'est plus. Ne reste qu'une plaine qui, soudainement, s'anime. Des arbres poussent, des fleurs surgissent. Puis, des sentiers, des rivières… Pendant ce temps, la terre gronde au loin. Un panache de fumée s'élève du mont Royal. De monstrueuses coulées de lave avancent sur Westmount et le centre-ville, qu'elles engloutissent. Du haut des airs, je vois ce spectacle qui me terrifie et me ravit. Puis, tout à coup, une force me plaque au sol. À mon réveil, l'odeur vivifiante des épinettes et le son cristallin des ruisseaux, courant entre ce qui était jusque-là des rues et des trottoirs, me troublent de leurs souvenirs insistants.

* * *

Le lendemain matin, je me réveille : Isabelle est partie sans laisser de mot. Je ne sais donc pas encore si elle a parlé à la directrice du CPE. Dans le doute, j'appelle la mère Magloire.

— Oui, pourriez-vous… Merci, c'est gentil de vous occuper de Mimi.

J'ai heureusement une grosse journée de travail. Cela va me distraire. Avant de sortir de la maison, je prends sa petite menotte dans ma main et reste là à la regarder. Elle lève la tête, étonnée :

— Est-ce que ça va, Max ?

Pas encore quatre ans, et ça veut prendre soin de moi… Allez, Max, du nerf ! En chemin, je la fais rire, la soulève, la chatouille, puis à destination, l'étreins et lui fait au revoir de la main.

Sur le chemin du retour, une brise glaciale me fait frissonner. Mon amie d'enfance Suzanne arpente le trottoir, perdue elle aussi.

— Bonjour, toi !

Silence.

— Comment vas-tu, Suzanne ?

Je n'espère pas de réponse. Mais celle que je reçois me surprend :

— *Tention ! Tention !*

— Oui ?

Son regard s'est éteint. Plus rien ne sortira de sa bouche.

J'ai beau me dire que Suzanne a probablement senti l'angoisse que je traîne face à la menace qui pèse sur ma relation avec la mère de Mimi, mon instinct m'aiguillonne sur une autre piste : Annie ?

Je rentre. Je reprends mon boulot, mais le cœur n'y est pas. Je sens que ce ne sera pas aujourd'hui que je trouverai l'accord du participe passé pronominal réfléchi. Après une heure à me débattre contre des ombres qui se défilent, je repousse mon travail. Je vais aller voir Germain.

* * *

La porte de mon voisin n'a pas de sonnette.

— Sornette ! lance-t-il, chaque fois qu'on aborde le sujet. Si vous cognez, et que je suis chez moi, je répondrai. Les sonnettes ont été créées par des bourgeois pour imiter la noblesse. Les nobles avaient des valets pour répondre. Ils n'avaient pas besoin de carillon. Je ne suis ni un bourgeois ni un noble, alors cognez !

Je cogne. Par le Plein Jour de la vitre de la porte, je distingue l'ombre de Germain qui approche. Pendant que j'attends, mes voisins Louyse et Jocelyn sortent, me saluent poliment. *Ils ne sont donc pas au travail, ces deux-là ?* La porte s'ouvre enfin.

— Bonjour, mon jeune ami. Il est encore un peu tôt pour la pizza. Et ne devriez-vous pas être en train de gagner votre pain à cette heure ?

Ces paroles, dites avec sa voix caverneuse, sont peu engageantes, mais j'ai besoin d'une présence.

— Je peux vous déranger une minute ? J'ai besoin de parler à quelqu'un.

Germain, emmitouflé dans une épaisse robe de chambre brune qui le fait ressembler à un ours, les cheveux hirsutes, ouvre la porte pour me laisser passer sans rien dire. Je le suis au salon, où je perçois les odeurs fades d'un déjeuner frugal dans un air un peu vicié. Ça doit ressembler à ça, l'odeur de la solitude. Je m'assois à côté du piano.

— Vous prenez du thé ?

Tandis que Germain disparaît, je reste avec l'homme de bronze qui me regarde de côté, l'air de me demander ce qui ne va pas. Mon hôte revient et me tend une tasse. Je la saisis comme un cadeau.

Germain s'assoit à son tour en face de moi, sur le banc du

piano. En homme expérimenté et délicat, il décide de ne pas affronter directement ce qui me trouble.

— Max, vous vous rappelez les étoiles que je vous ai montrées, l'autre jour ? J'ai réfléchi. Je me suis demandé pourquoi le projet de votre ami Maurice me plaisait tant. Je pense avoir trouvé une partie de la réponse. Cela vous ennuie-t-il ?

— Non je vous en prie ! Ça m'intéresse de savoir.

— Bien.

Comme à son habitude, cet homme théâtral ménage ses effets. Il me fait patienter avant le lever du rideau. Je sais, par cette attente, que ce qu'il a à dire sera songé. Mais je ne m'attendais pas à voler si haut !

— Max, vous savez comme moi que l'ensemble des étoiles est en expansion continuelle depuis le big bang, il y a quelque quinze milliards d'années. Cela suppose que l'Univers a la capacité d'accueillir cet incommensurable déploiement. Je vous avoue que cette pensée a de quoi m'affoler. Mais là n'est pas mon propos. Non, ce que je veux partager aujourd'hui avec vous, et ce à quoi je réfléchissais avant votre arrivée, c'est que, transposées à l'échelle de nos vies humaines, ces considérations deviennent particulièrement intéressantes. Chacun de nous devient alors une petite planète, un petit ego tournant autour de lui-même et autour de ceux qu'il croise sur sa route. Si nous avons de la chance, nous nous réchauffons à un soleil suffisamment longtemps pour que la vie reprenne en nous. Mais ce qui me trouble, c'est que l'expansion de notre petit univers soit liée à notre éloignement des autres.

Germain me regarde, s'attendant à ce que je fasse un signe pour signifier que je le suis jusque-là. J'ai bien peur d'être dans un trou noir.

— Nous avons pourtant besoin des autres, ajoute-t-il, persistant dans son idée, comme un chercheur sûr d'avoir flairé une bonne piste, même s'il ne sait pas où elle va le mener. Ils nourrissent la marée de nos humeurs et, sans leur présence, comment saurions-nous que nous évoluons dans cet univers si vaste ?

Germain s'immobilise, me prenant à témoin. Je hoche la tête pour l'encourager.

— La réponse, peut-être, c'est que les autres sont des bornes, des jalons dans notre course effrénée, dans ce monde infini, vide et trop grand pour nous. Vous ne trouvez pas ?

Je grimace à l'idée de devoir répondre à une telle tirade.

Germain change alors de ton.

— Max, la seule certitude que nous ayons, c'est celle d'exister. Notre seule possibilité, c'est soit se contenter de filer dans le néant en attendant d'y retourner, soit briller pour et avec d'autres, pendant que nous le pouvons. Voilà pourquoi j'ai décidé de me rendre utile : je vais créer un site Web pour entreposer la mémoire du monde. Et vous allez m'aider !

Je ne l'avais pas vue venir, celle-là.

Au cours des minutes suivantes, Germain m'explique son projet, qui m'emballe et me touche. Il veut créer un site Web où le monde des aînés, leurs anecdotes, tout ce qu'ils ont été, ne se perdra pas à leur mort. Il ne veut pas en faire un cimetière virtuel, mais bien un site Web dynamique, qui s'enrichit constamment.

— Un endroit populaire auprès des plus jeunes ! dit-il sur un ton insistant.

L'entreprise est noble, louable, mais demande une formidable mobilisation.

— Comment comptez-vous faire ?

— Je pense commencer dans un foyer d'accueil. Nous n'avons qu'à demander la permission aux autorités, puis faire connaître notre projet à tous. Chacun pourra, à son choix, parler devant une caméra et se raconter, ou parler devant un micro qui enregistrera leurs propos.

— Super! Mais vous vous doutez du travail de moine qu'il faudra pour faire un montage intelligent, n'est-ce pas?

— Oui, bien sûr. Et il y aura les fonds à trouver pour l'hébergement du site Web, la publicité pour le faire connaître, etc. Mais ne vous en faites pas. Les projets porteurs comme celui-ci, il suffit de les mettre en branle, de leur donner une poussée initiale, et tout finit toujours par se mettre en place. Vous verrez!

* * *

Moi qui venais pour me faire réconforter, me voilà propulsé dans le vide, galvanisé par les encouragements de Germain et stimulé par son projet! Les idées saugrenues de cet homme m'interpellent et défilent comme des comètes. En rentrant chez moi, je me rappelle les étoiles du nid à feu. Cette idée saugrenue me galvanise; c'est celle de deux hommes qui ont tout simplement osé réaliser leur idée, aussi farfelue soit-elle, permettant du même coup à leurs rêves d'exister, leur donnant un ancrage dans le réel. Tiraillé entre mon respect d'une éducation froide et un courant furieux d'émotions sans contrôle, je me suis réfugié toute ma vie dans le connu. J'ai filé dans la vie en m'éloignant des autres. Cette fuite en avant a assez duré. Je veux vivre mon lot de bonheur. Je suis preneur. Qu'est-ce que ça donnera? Je n'en ai aucune idée. Mais ça donnera. C'est tout ce qui importe.

Il me reste encore plusieurs heures de boulot à abattre avant d'aller rechercher Mimi chez sa grand-mère, mais je trépigne. *Je ne serai pas un trou noir.* Je ferme les yeux, immensément soulagé, même si je sais bien que cette révélation ne règle rien. Comme l'homme de la sculpture, je dois décider si je me lève ou si je m'assois. Si je vais au-devant de mon destin ou si je laisse place à celui que j'ai déjà.

Le temps a fini par faire ce qu'il fait de mieux : il est passé. Je dois maintenant aller chercher Mimi.

*   *   *

La journée achève, tout en douceur. Le vent est léger et le soleil, tamisé derrière un fin voile de nuages. Sur le chemin, comme à son habitude, Mimi me raconte sa journée : bricolage, goûter, préparation de biscuits (elle m'en a gardé trois). Son babillage me réconforte.

Nous arrivons à l'appartement. Je prends ma clé, l'insère dans le barillet. Première surprise, Isabelle est là !

— Maman !

Mimi lâche ma main et se précipite dans les bras de sa mère.

Aux yeux d'un étranger, c'est une innocente scène familiale. Mais en moi… Un tourbillon d'émotions surgit et lève une tempête de tous les diables. Dans cette tourmente, ma colère gronde. Sans conviction, car je vois Isabelle étreindre sa fille. *Tout rentrera dans l'ordre.* Sans pouvoir l'expliquer, j'en ai la certitude, sans doute parce que je pressens confusément chez Isabelle une conviction que je ne lui connaissais pas. En moi, des muscles se détendent, et c'est seulement maintenant que je prends conscience qu'ils étaient tendus depuis des mois. Je ne suis pas vite sur la détente.

Isabelle se lève, sa fille dans ses bras. Dans son regard, je lis une assurance surprenante, comme si elle savait répondre à toutes les questions. Pour rassurer Mimi, je m'approche et embrasse sa mère sur la joue. C'est ce que je veux faire, mais celle-ci tourne son visage et nos lèvres renouent. C'est encore elle qui, de son bras libre, entoure mon dos un peu raide avant de me glisser ceci à mon oreille, qui me remplit de joie et d'émotions mêlées :

— J'ai parlé à la directrice du CPE et signé les papiers. Tu n'auras plus à t'inquiéter : tu as le droit d'aller chercher Mimi.

*   *   *

Pendant qu'Isabelle donne le bain à sa fille qui rit aux éclats, je m'assois au salon. Sans nous le dire, nous savons tous deux que l'explication viendra après le sommeil de Mimi.

Même si le calme est revenu, la tempête de son retour a laissé des traces. Je suis encore tout retourné. J'ai du mal à m'avouer que je me nourris de cette émotion si douce et si forte à la fois, liée à la certitude que tout rentrera dans l'ordre.

N'est-ce pas ce que j'attendais ? Alors, pourquoi suis-je si bouleversé ? Ma passion pour elle est comme une maison après une tempête : elle a subi des avaries et je ne sais pas si elle tiendra le coup, si la structure a été affaiblie. Et puis, il y a Annie... C'est trop pour un seul homme ! Je décide de ranger Annie de côté pour l'instant, jusqu'à ce que j'éclaircisse les choses avec Isabelle.

*   *   *

Mimi est dans son lit, serrant son chaton adoré.

— Bonne nuit, maman ! Dis, tu vas m'endormir plus souvent maintenant, hein ?

C'est la dixième fois qu'elle pose la question. Patiemment, sa mère répond :

— Maman était occupée au bureau, mais maintenant, c'est fini. Elle lui donne un baiser. Tu sais, mon cœur, ajoute-t-elle en touchant sa poitrine, tu es toujours ici.

Elle embrasse sa fille, qui lui entoure le cou de ses petits bras. L'étreinte se prolonge. Mimi vient de pardonner à sa mère et de se donner à nouveau à elle. Isabelle mouille le visage de sa fille de ses baisers, lui dit bonne nuit en lui caressant la tête. Le visage de Mimi rayonne comme il ne l'a jamais fait depuis que la connais.

Une fois la porte refermée, Isabelle pousse un long soupir, puis éclate en sanglots. Un trop-plein, sans doute, car les larmes cessent aussitôt. Isabelle relève la tête. Une détermination, que je ne lui connaissais pas, lui recompose les traits. Elle vient au salon, s'assoit à mes côtés. La savoir toute proche, sentir de nouveau son odeur, sa chaleur, me trouble. Un désir sommeillant depuis des semaines refait surface. Je tente de n'en rien laisser paraître, mais c'est peine perdue. Isabelle me regarde et sourit.

— Bon. J'imagine que tu dois avoir plein de questions. Avant de commencer, je veux que tu saches que si j'étais si souvent absente, c'est que j'avais une bonne raison : il manque un thérapeute, et nous nous sommes divisé le travail. Même si j'ai beaucoup travaillé, ces temps-ci, j'ai quand même pris le temps de réfléchir à ce que tu m'avais dit. Je me suis emportée, l'autre jour. J'étais à cran à cause du boulot, tu comprends ? J'ai paniqué. Je veux faire tout ce qu'il faut pour que ça réussisse, nous deux. Si tu veux encore de moi. C'est pourquoi j'ai commencé à consulter un psy. Ça me fait beaucoup de bien. Je comprends maintenant que j'angoisse facilement et que je cours à ma propre perte. Il faut que je te laisse plus de place et…

Voyant mon air pensif, elle s'interrompt et s'élance dans mes bras :

— Veux-tu encore de moi, Max ? Me pardonnes-tu ? Je comprendrais que tu veuilles t'en aller, tu sais. Ma mère est prête à…

Je lui mets un doigt sur les lèvres.

— T'es folle ? Je suis là.

Je l'enlace de nouveau. Elle abandonne sa tête sur mon épaule.

— Max ?

— Hum ?

— Il y a autre chose. Vois-tu, je ne te l'ai pas dit, mais je n'ai pas eu mes règles, le mois dernier.

Le sang se retire de mon visage.

— Tu… Tu es enceinte ?

— Je ne sais pas encore. On verra dans quelques jours. Mais c'est pour ça que j'ai paniqué, quand tu m'as fait part de tes récriminations. Je me voyais toute seule enceinte avec Mimi…

Puis, sans transition :

— Max, serais-tu content ?

— Je serais le plus heureux des hommes. Mais je dois dire que je ne m'y attendais pas, mais alors pas du tout !

Rassurée, Isabelle m'étreint. Je l'entoure à mon tour. Entre mes bras, son corps mince m'émeut. J'ai l'impression d'étreindre une fleur délicate, prête à se faner sous mes yeux si je n'en prends pas soin. Trop d'informations et trop d'émotions se bousculent en moi. Sous ce tourbillon, l'image du penseur indécis se profile, qui me nargue.

Il faut que je voie Annie.

J'avais soif depuis si longtemps, et l'eau de son regard
était si cristalline, si pure…

C'est alors que j'ai renversé mon verre. Suivant mon élan, le vin s'est étalé sur la table, puis sur Annie. Voilà la description la plus fidèle des faits. La plus trompeuse, aussi. Car c'est moins le contenu de ce verre qui s'est étalé que mon envie de me répandre dans sa vie.

Nous discutions devant un bon repas, dans un café-librairie de la rue Sainte-Catherine, près du théâtre Denise-Pelletier. J'avais insisté pour l'y amener. L'exotisme de cet endroit inconnu de l'adulte qu'elle est devenue l'avait séduite. Nous trinquions, et elle souriait à l'avenir de toutes ses dents, qu'elle a fines, longues et gourmandes. Alors qu'elle prenait la mesure du temps qui s'était écoulé, Annie savait sans doute que la réalité n'est qu'un des artifices, une des ruses que la vie a placée sur notre chemin. Elle n'était pas dupe. Ne l'était jamais, sauf lorsque le commandaient les subtiles ruses du désir.

Tout ce qui a été important dans les débuts de sa vie s'est déroulé ici, dans ce quartier rude, brutal et vrai. Où tout est à portée de main et, si l'on est chanceux, de cœur. Et moi qui lui ai demandé de retourner sur les lieux de son innocence…

Cette fois encore, Annie avait dit oui.

Nous avons causé, bu, mangé. Derrière elle, de l'autre côté de la rue, les arêtes pointues d'une église rappelaient la rigueur solennelle des engagements. À côté, la cour vide d'une école étalait sa pauvre espérance. Annie me parlait, je la regardais, lui répondais. Mais là n'était pas l'essentiel. Nos échanges étaient agréables, mais restaient en surface, taisant l'essentiel. Tels des pêcheurs attendant une prise et sondant les profondeurs, nous tendions nos lignes et attendions.

Tout en parlant, je repêchai dans les yeux d'Annie ce que je pouvais pour alimenter ce qui ne pouvait être nommé. C'est alors que j'ai levé la main, et accroché mon verre de vin. La tache sombre s'est répandue sur elle. Ainsi, tout le trop-plein de mes émotions, par ce geste apparemment involontaire, est venu s'étaler au grand jour.

Malgré ses flancs humides, rougis, Annie ne s'est pas offusquée le moins du monde. Lorsque je me suis levé, contrit, pour éponger le vin avec ma serviette, elle m'a regardé comme si une digue venait de se rompre. Pendant toutes ces années, elle avait lutté contre sa volonté pour préserver mon orgueil. Tout ce que j'étais lui importait, y compris cette mâle lenteur dans les affaires du cœur. Et voilà que mon aveu coulait à ses pieds, sur elle, entre ses cuisses. Annie a souri en contemplant sa robe, puis a levé la tête et m'a regardé tendrement.

J'avais retardé ce moment le plus longtemps possible, mais il fallait maintenant m'épancher.

*   *   *

— Je comprends. Je suis terriblement déçue, mais je comprends, elle semble être quelqu'un de bien. Fais ce que tu dois faire, Max, me dit Annie en me prenant la main. Tu verras ensuite.

— Et toi, ton prétendant, ton mariage ?

— J'allais faire une grosse bêtise.

— N'es-tu pas en train d'en faire une autre ?

— Oui ; la plus grosse de ma vie, peut-être, dit-elle dans un rire chargé d'émotion. Mais tu sais quoi ? Ça en serait une plus grosse encore de ne pas la faire. Et puis, nous restons amis, non ?

— Oui, bien sûr !

Dehors, des enfants ont fait irruption dans la cour d'école d'à côté en criant d'une joie trop longtemps retenue.

Achevé d'imprimer au Canada
sur papier Enviro 100% recyclé
sur les presses de Imprimerie Lebonfon Inc.